Toni Traschitzker • Losungswort Drahtseil

Toni Traschitzker

Losungswort Drahtseil

FRICK VERLAG
PFORZHEIM

Bibliografische Information der Deutschen Bibliothek
Die Deutsche Bibliothek verzeichnet diese Publikation in der Deutschen Nationalbibliografie; detaillierte bibliografische Daten sind im Internet über http://dnb.ddb.de abrufbar.

1. Auflage 2016

Umschlaggestaltung:
Toni Traschitzker und Brigitte Jach (Layout)
Illustrationen: Toni Traschitzker

Besuchen Sie unsere Homepage:
www.frickverlag.de

Herstellung: Books on Demand GmbH, Norderstedt

ISBN: 978-3-939862-41-3

Inhaltsverzeichnis

1

Das Buch

„Na ... wo is' es denn?"

Eine Frau mit grauer Lockenfrisur saß auf einer Parkbank ohne Lehne und kramte hastig in der Einkaufstasche, die sie neben sich abgestellt hatte. Die Tasche war aus hellem, braunem Leder gefertigt, sodass das dunkelblaue Band an einem der Tragegriffe sofort auffiel.

Bei ein paar Büschen, nur wenige Meter von der Bank entfernt, lungerten drei Burschen herum. Sie tuschelten miteinander.

„Wetten wir, dass die Alte schon über sechzig ist?", meinte einer von ihnen, ein sechzehnjähriger Blonder.

„Wie willst du das wissen, Vinzenz?“, erwiderte einer der beiden anderen, ein Fünfzehnjähriger mit schwarzer Scheitelfrisur. „Du siehst sie ja nicht einmal richtig von vorn.“

„Pah!“ Der Blonde grinste. „Ich kann um die Ecke schauen.“

In diesem Augenblick schien die Frau das Gesuchte gefunden zu haben: ein weißes Taschentuch. Sie wollte es aus der Einkaufstasche herausziehen – und zuckte erschrocken zusammen.

Ein schwarzer Schäferhund hatte sie angebellt.

„Ruhe, Herbro!“

Der Hundebesitzer, ein älterer Herr, zerrte ärgerlich an der Leine. Die Frau grüßte leise und blickte verunsichert auf den großen Hund, während sie das Taschentuch aus der Einkaufstasche zog.

Ein dünnes, rotbraunes Büchelchen rutscht samt einem Zettel heraus. Das Büchelchen gleitet auf die Bank, der Zettel segelt auf den Boden. Die Frau merkt es nicht. Sie starrt noch immer auf den schwarzen Schäferhund.

„Komm endlich, dummes Vieh!“, fauchte der Hundebesitzer. Auf den zaghaften Gruß der Frau hatte er nicht geachtet. Mürrisch riss er kurz an der Leine und ging mit seinem Tier weiter.

Die grauhaarige Frau putzte sich die Nase und schaute den beiden nach, sodass man von den Büschen her ihr Gesicht von der Seite betrachten konnte. Der Bursche, der wetten wollte, schien recht zu haben: Die Frau war bestimmt schon über sechzig, nur die Locken ließen sie jünger aussehen. Ohne den Blick vom Schäferhund abzuwenden, legte sie das Taschentuch in die Einkaufstasche zurück. Dann stand sie auf und entfernte sich mit ihrer Tasche langsam in derselben Richtung wie der Herr mit dem Hund.

„He“, murmelte der Jüngste der drei Burschen, ein dunkelhaariger Vierzehnjähriger. Er schien nicht sicher zu sein, ob er der Frau hinterherrufen sollte.

„Still!“, zischte ihn Vinzenz, der Sechzehnjährige an.

„Die hat etwas liegen lassen“, erwiderte der Jüngere.

„Klar“, bestätigte Vinzenz. „Sieht aus wie ein Sparbuch. Los, hol’s her, Heinerle!“

„Wieso *ich*?“

„Los, geh schon, Heinerle!“

„Sag nicht immer ‚Heinerle‘ – ich heiß’ nur ‚*Heiner*‘!“

„Dein Pech! Geh schon!“

Unschlüssig blickte Heiner nach links und rechts. Auf dem Parkweg ließ sich jetzt kein Mensch sehen. Die Frau und der Mann mit dem Hund waren schon hinter der nächsten Biegung verschwunden, wo hohe Sträucher wuchsen.

Zögernd ging Heiner zur Bank, blieb stehen und schaute sich noch einmal um.

„Ein feiger Kerl“, meinte Vinzenz.

„Vorsicht kann nicht schaden“, entgegnete sein Begleiter.

Endlich schnappte Heiner nach dem Büchelchen. Er eilte damit zurück und streckte es Vinzenz entgegen.

„Mensch, Reinhold! Tatsächlich ein Sparbuch“, sprudelte der Blonde heraus. „Ich hab’ mich nicht getäuscht.“

„Zeig her!“, erwiderte Reinhold, der schwarzhaarige Fünfzehnjährige.

Vinzenz übergab ihm das kleine Buch. Reinhold öffnete es, starrte gierig hinein – und fauchte plötzlich: „Verflucht! Losungswort!“

„Was?“ Vinzenz runzelte die Stirn.

„Das Buch ist gesperrt!“, rief Reinhold. „Da steht ein Vermerk: ‚Losungswort‘. Ohne Losungswort kommst du an das Geld nicht heran.“

„Das gibt’s nicht ...“ Vinzenz verzog enttäuscht das Gesicht. „Wie hoch ist das Guthaben?“

Reinhold begann in dem dünnen Buch zu blättern. Es schien alt zu sein und enthielt viele Eintragungen. Demnach war schon oft Geld eingezahlt und wieder abgehoben worden. Reinholds Blicke huschten gespannt über die Zahlen. Plötzlich zog er die Brauen zusammen und stutzte, dann platzte er mit einem verächtlichen Lachen heraus: „Hähä! Nichts!“

„Was?“

„Schau her!“ Reinhold hielt Vinzenz spöttisch das Buch hin. Der griff hastig danach.

„Da! Der neueste Kontostand.“ Reinhold tippte grinsend mit dem Zeigefinger auf eine Zahl.

„Neunzehn Euro, dreiundzwanzig Cent“, stellte Vinzenz murmelnd fest. Dann blickte er auf und fragte verwirrt: „*Das* soll alles sein?“

„Scheint so. Pech gehabt. Aber *vorher* ...“ Reinhold hielt kurz inne und kniff die Augen zusammen. „Die letzte Abhebung macht fünftausend aus. Datum: heute! Ich sag' dir was: Die Frau hat diesen Betrag gerade erst abgehoben. Das Geld muss in ihrer Handtasche stecken."

„In der Handtasche?"

„Ja. Falls sie es nicht schon ausgegeben hat, um irgendwelche Rechnungen zu bezahlen."

„Ach ja." Vinzenz seufzte. „Da rennt die Alte glatt mit einem Haufen Geld durch die Gegend. So etwas müsste man *vorher* wissen."

„Willst du sie *überfallen*?", platzte Heiner erschrocken heraus.

Vinzenz wandte sich ihm zu, lächelte und spottete: „Dummkopf! Du schaust dir wohl zu viele Kriminalfilme an."

„Schade, dass die Frau das Sparbuch nicht hier liegen lassen hat, *bevor* sie zur Bank gegangen ist!", meinte Reinhold.

„Na wennschon!", erwiderte Vinzenz ärgerlich. „Ein Sparbuch mit Losungswort – was willst du damit? Da kommst du nie und nimmer an das Geld heran. Und *das* da –" Vinzenz klopfte sich mit dem Büchelchen auf die geöffnete linke Hand. „– das ist mit seinen mickrigen paar Cents so gut wie wertlos. Das kannst du ... wegschmeißen."

Und schon schwirrte das Buch durch die Luft und landete unterm Gebüsch.

„Ab ins Kino wie geplant!", forderte Vinzenz seine Begleiter auf. Er wandte sich zum Gehen um.

Reinhold folgte ihm, Heiner starrte verwirrt aufs Gebüsch.

„Was ist, Heiner? Kommst du mit?", rief ihm Vinzenz zu. „Sie spielen heut' einen erstklassigen Action-Film. Oder traust du dich nicht, Heinerle?"

„Pfeif drauf", brummte Heiner beleidigt. „Lass mich in Frieden mit deinem Aktionsfilm. Der heißt wohl deshalb so, weil er genauso ein Ramsch ist wie das, was man im Supermarkt als ‚Sonder-*Aktion*' angedreht kriegt."

„Heinerle, du Kasperle!", platzte Vinzenz heraus. Dann schlug er Reinhold freundschaftlich auf die Schulter und forderte ihn auf: „Komm, lassen wir den Kleinen! Der hat ja keine Ahnung, was ‚Action' bedeutet."

2

Ein unscheinbarer Zettel

Wie ein achtlos weggeworfenes Stück Jausenpapier, von dem keiner mehr etwas wissen will, liegt das rotbraune Büchelchen unter einem dichten Busch. Noch ist es sauber geblieben. Aber der nächste Regenguss wird es nass und schmutzig machen, allerlei Ungeziefer wird drüberkrabbeln, Wind, Sonne, Regen und Schnee werden dem Papier zusetzen ...

Doch eine Knabenhand greift plötzlich nach dem Büchelchen und hebt es auf.

„Neunzehn Euro, dreiundzwanzig Cent. Fast nichts.“ Heiner seufzte leise und starrte auf die Zahlen, die den Wert des Guthabens angaben. Allzu groß war es nie gewesen. Den Einzahlungen waren immer wieder Abhebungen gefolgt. *Reich* schien die Besitzerin dieses Sparbuchs *nicht* zu sein. Neunzehn Euro und dreiundzwanzig Cent – vielleicht bedeutete das für sie eine Menge Geld. Man bekam dafür ...

Heiner begann nachzurechnen. Als flinker Kopfrechner fand er bald heraus: Das letzte Guthaben hatte immerhin den Wert von etwa fünfzehn Litern Milch. Da konnte man zwei Wochen lang täglich einen Liter Milch trinken; oder noch öfter etwas Leckeres aus Milch zubereiten – Pudding zum Beispiel. Heiners Mutter nahm sich manchmal die Zeit zum Puddingkochen. Aber als Krankenschwester, die auch Nachtdienst hatte, fehlte ihr tagsüber meist die Lust, sich länger als nötig an den Herd zu stellen. Heiner hingegen fehlte die Lust, *selber* das Puddingkochen zu lernen.

„Fünfzehn Liter Milch ... na ja.“ Heiner seufzte wieder und näherte sich mit dem Büchelchen der Bank, auf der die grauhaarige Frau gesessen war.

Kam sie vielleicht gerade zurück? Hatte sie den Verlust ihres Sparbuchs schon bemerkt?

Neben der Bank blieb Heiner stehen und sah sich um. Auf dem Parkweg ließ sich niemand blicken. Wahrscheinlich merkte die Frau erst zu Hause, wenn sie die Einkaufstasche öffnete, dass das Buch weg war. Na wennschon – was sind nicht einmal zwanzig Euro im Vergleich zu fünftausend! Reinhold hatte festgestellt, dass die Frau gerade erst fünftausend Euro abgehoben hatte!

Abermals seufzte Heiner. Fünftausend ... das wär' etwas anderes ...

Plötzlich stutzte er und starrte auf den Boden.

Was für ein Zettel liegt da neben der Bank? Ach ja – der ist mit dem Sparbuch herausgefallen, als die Frau ihr Taschentuch aus der Einkaufstasche herausgezogen hat!

Was ist das für ein Zettel? Da steht etwas drauf: Losungs ...

„Das gibt's nicht!"

Heiner zuckt zusammen. Einen Augenblick zögert er. Dann reißt er den Zettel vom Boden hoch.

Kein Zweifel, da steht mit einer zittrigen, aber gut lesbaren Handschrift geschrieben:

Losungswort Gottvertrauen

Gottvertrauen? War *das* das Losungswort für nicht einmal zwanzig Euro? – Zugegeben, fünftausend waren es bei der letzten Abhebung gewesen. Die Frau hatte sich das Losungswort wahrscheinlich aufgeschrieben, damit sie's nicht vergaß; und den Zettel hatte sie einfach ins Sparbuch gesteckt. Wie unvorsichtig von ihr!

Gottvertrauen – für so ein ausgefallenes Losungswort brauchte man doch keinen Merkzettel!

Heiner steckte ihn ins Sparbuch und sah sich um.

Kam die Frau zurück?

Nein. Kein Mensch ließ sich blicken.

Nicht ganz zwanzig Euro, immerhin. Die Mutter hatte Heiner für die Sommerferien das gesamte Taschengeld gestrichen. Alles wegen der Wiederholungsprüfungen! Geographie. Englisch. Ferien futsch! Taschengeld futsch!

Knapp zwanzig Euro – für ein paar Süßigkeiten reichte das allemal ...

Noch immer kam kein Mensch daher. Unschlüssig grübelnd schlenderte Heiner weiter. Er ahnte schon, was er tun würde – obwohl er dabei kein gutes Gefühl hatte ...

3

Eine nette Bankangestellte

Mit heftigem Herzklopfen betrat Heiner die Bankfiliale. Ängstlich sah er sich um. Er wusste: Was er vorhatte, war nicht in Ordnung. Aber *die* paar Euro ...

Vor jedem der beiden Schalter stand gerade ein Kunde: links ein hagerer Herr mit grauem Hut und grauem Anzug, rechts ein kleinerer, dicklicher Mann mit kurzärmligem, buntem Sommerhemd und kurzer Hose.

In zwei Metern Abstand von den beiden Männern blieb Heiner stehen. Er musterte die Bankangestellten. Der Kunde im grauen Anzug wurde von einem älteren Herrn bedient, der andere von einer jungen Dame mit einer blonden Lockenfrisur. Diese Locken ... Heiner musste an die Locken der grauhaarigen Sparbuchbesitzerin denken – und plötzlich durchzuckte ihn ein Schrecken: Was dann, wenn diese Bankangestellte die grauhaarige Frau kannte, womöglich gar ihre Tochter war? Dann erinnerte sie sich bestimmt noch an die Sparbuchabhebung vor vielleicht gerade erst einer halben Stunde! Fünftausend Euro – so einen Betrag vergisst man nicht so schnell! Oder hatte der Herr am anderen Schalter die grauhaarige Frau bedient?

„Bitte sehr!“

Oje, die junge Dame winkte Heiner bereits zu sich! Der Dicke war soeben zur Seite getreten. Er verstaute einen Beleg in seiner Brieftasche und machte Platz für den nächsten Kunden – für Heiner!

„Is’ ja schon wurscht!“, dachte Heiner. Er murmelte dem Dicken einen Gruß zu und trat an ihm vorbei zum Schalter.

„Grüß Gott ... äh ...“ Hastig fuhr er sich mit der Zunge über die Lippen, um sie anzufeuchten. Dann hielt er der Bankangestellten das Sparbuch hin und fragte. „Bitte ... kann ich da etwas abheben?“

„Aber gern.“ Die Blondine lächelte freundlich. Sie griff nach dem Sparbuch und schlug es auf.

„Ach, da haben wir ja ein Losungswort", stellte sie fest. „Das musst du mir bitte zuerst aufschreiben."

„Ist schon aufgeschrieben – da." Heiner streckte ihr den Zettel entgegen.

„Einen Augenblick bitte", erwiderte die Dame nach einem Blick darauf. Ihre Finger huschten wieselflink über eine Computertastatur. Von dem Bildschirm, der dazugehörte, konnte Heiner nur die Rückseite sehen. Staunend beobachtete er die schmalen Finger der jungen Frau und dachte: „So schnell müsste man tippen können ..."

Auf einmal hielt sie inne, sah einen Augenblick gespannt auf den Bildschirm und seufzte: „Oh, das tut mir aber leid."

„Äh ... was?", stammelte Heiner.

„Bist du sicher, dass du dich auf dem Zettel nicht verschrieben hast?", fragte die Bankangestellte.

„W-wieso?", stotterte Heiner.

„Tut mir leid, das ist falsch." Die junge Dame seufzte wieder. „Dein Losungswort ist falsch. Ich darf dir leider nichts geben."

„Äh ... nicht einmal zehn Euro?", rutschte es Heiner heraus.

„Leider – Losungswort ungültig", erwiderte die Dame. Sie blätterte kurz im Sparbuch und stellte fest: „Oje, da ist fast kein Guthaben mehr drauf. Da müsstest du sowieso gleich das ganze Sparbuch auflösen.“

„Auflösen?“, wiederholte Heiner verwirrt.

„Ja.“ Die Bankangestellte nickte. „Aber auch für eine Sparbuchauflösung brauchst du das richtige Losungswort. Weißt du was – schau daheim noch einmal nach, vielleicht hast du irgendetwas verwechselt. Dann kommst du wieder her, ja?“

„Äh ... ja.“ Verdattert griff Heiner zu, als ihm die Bankangestellte das Sparbuch hinhielt und seufzend sagte: „Nichts für ungut, aber ich muss mich an die Vorschrift halten. Was auf deinem Zettel steht, ist leider völlig falsch.“

„Hm ... äh ... ich ... ich werd’ daheim nachschauen“, stotterte Heiner.

„Ja, tu das! Auf Wiederseh’n.“ Die junge Dame nickte freundlich, als hätte sie keine Ahnung davon, dass Heiner soeben versucht hatte, an fremdes Geld heranzukommen.

4

Polizei!

„So ein Reinfall!“, dachte Heiner wütend. Die Knie schlotterten ihm noch immer – geradeso als wollten sie ihm sagen: Die Bankangestellte hat dich bestimmt durchschaut. Jemanden, der sich ein Losungswort auf einen Zettel schreibt, obendrein krautfalsch – so einen Trottel kann's gar nicht geben! Womöglich verständigt sie gleich die Polizei ...

Wegen nicht einmal zwanzig Euro?

Na wennschon – vielleicht gibt's auch für so kleine Beträge irgendeine Vorschrift ...

Am liebsten hätte Heiner das Sparbuch draußen vor der Eingangstür der Bank in einen Winkel geschleudert – und den dämlichen Zettel mit dem „Losungswort“ dazu!

Aber halt – dadurch würde er sich verdächtig machen! Vielleicht beobachtete ihn die Bankangestellte; außerdem – au verflixt! Im Schalterraum war er bestimmt gefilmt worden! Wenn's drauf ankam, fand man ihn aufgrund der Überwachungskameras kinderleicht ...

Von Wut und Angst zugleich erfasst, eilte Heiner davon. Einmal wagte er es, kurz über die Schulter zurückzublicken.

Schaute ihm jemand von der Bank aus nach? Die Bankangestellte etwa?

Nein. Beim Eingang ließ sich kein Mensch sehen. Warum auch sollte die Bankangestellte eigens ihren Platz hinterm Schalter verlassen? Wegen nicht einmal zwanzig Euro?

Vielleicht rief sie aber wirklich die Polizei an. Was sollte Heiner also tun? Dem Anruf zuvorkommen und das Sparbuch schleunigst zum allernächsten Polizeiposten bringen? Oder gleich zum Fundamt, wie es sich von Anfang an gehört hätte? Wenn die Polizei sich *danach* bei ihm meldete, konnte er behaupten, er hätte sich zuerst einen Jux gemacht und die Angestellten der Bank testen wollen.

Unangenehme Fragen stellte man wahrscheinlich auch beim Fundamt. Heiner wusste nicht einmal, wo es war. Er müsste erst irgendjemanden fragen. Sollte er das sofort tun?

„Ich Rindvieh!“, schimpfte er in Gedanken mit sich selber. „Liegen lassen hätt’ ich das Büchelchen sollen! Dort, wo’s Vinzenz hingepfeffert hat!“

Heiner bog in eine Seitenstraße ein, er wollte das Bankgebäude nicht mehr sehen. In seiner Hosentasche spürte er noch immer das Sparbuch. Samt dem verhängnisvollen Zettel hatte er es eingesteckt, und am liebsten hätte er es bei der nächstbesten Gelegenheit weggeworfen. Das war aber leichter gedacht als getan, vor allem auf offener Straße, wo ihn allerlei Leute beobachten konnten.

Ohne es gewollt zu haben, näherte er sich wieder dem Park.

War die grauhaarige Frau inzwischen zurückgekehrt? Suchte sie etwa schon völlig verzweifelt?

Völlig verzweifelt wegen nicht einmal zwanzig Euro? – Blödsinn! Immerhin: fünfzehn Liter Milch ...

Heiner konnte nicht anders – es schien, als triebe ihn etwas zu der Parkbank zurück, wo alles begonnen hatte. Dort drüben bei den Büschen stand sie ja!

War die grauhaarige Frau inzwischen zurückgekehrt?

Unsinn!

Heiner seufzte. Er blieb stehen und blickte sich um.

„Ich lege das Buch einfach *unter* die Bank, die Frau wird’s schon finden“, beschloss er. Doch als er die Bank erreichte, zögerte er.

Was dann, wenn *nicht* die Frau das Sparbuch fand, sondern irgendein Trottel, der es so wie Vinzenz wieder wegwarf? Dann war Heiner erst recht dran, falls die Bankangestellte die Polizei verständigte! Er hatte versucht, Geld abzuheben – die Überwachungskameras bewiesen das!

Unschlüssig sah sich Heiner immer wieder in alle Richtungen um. Wenn jetzt die grauhaarige Frau käme! Dann könnte er ihr sagen, er hätte das Sparbuch gerade gefunden, wüsste aber nicht, wo das Fundamt sei. Bestimmt erkannte sie ihr Eigentum wieder und war froh! Vielleicht spendete sie sogar einen kleinen Finderlohn ...

Schwachsinn – bei zwanzig Euro, sogar ein bisschen weniger ...

Heiner seufzte. Er ließ das Sparbuch in der Hosentasche stecken und trottete nach Hause.

Als er das Wohnzimmer betrat, zeigte die Wanduhr auf zwei Minuten nach fünf.

„Jetzt haben sie beim Fundamt bestimmt längst zu“, dachte Heiner. Trotzdem holte er das Telefonbuch, um wenigstens die Anschrift herauszusuchen.

„Neureuther Hauptstraße Nummer siebenundsiebzig“, stellte er mürrisch fest. „Das ist ja am anderen Ende der Stadt!“

Verstimmt räumte er das Telefonbuch weg und griff nach dem Sparbuch, das er auf den Wohnzimmertisch gelegt hatte. Als er es aufschlug, starrte ihm der Zettel mit dem „Losungswort“ entgegen.

„Blöder Fetzen!“, fauchte Heiner. Beinahe hätte er das verhängnisvolle Stück Papier vor Wut zerknüllt. Doch im letzten Augenblick hielt er inne.

Die Frau hatte *beides* verloren, Buch und Zettel; also musste ein ehrlicher Finder *beides* ordnungsgemäß abliefern – beim Fundamt, bei der Polizei oder bei der Besitzerin.

Fürs Fundamt war es an diesem Tag zu spät; und für die Polizei? Da gab’s sogar Nachtdienst. Aber Polizei – nein, danke! Dort hätte sich Heiner *sofort* melden müssen, und nicht erst ein paar Stunden später, nachdem er zuerst versucht hatte, bei der Bank ... ojemine!

Wusste die Polizei schon Bescheid? Hatte die Bankangestellte angerufen? Die Aufnahmen der Überwachungskameras konnte man gewiss in kürzester Zeit auswerten. Womöglich dauerte es nicht mehr lange, bis die Polizei an der Wohnungstür läutete ...

„Nur wegen zwanzig Euro? – Ich spinn’ ja schon!“, dachte Heiner erschrocken.

Sollte er die Mutter einweihen? Vielleicht ging sie mit zum Fundamt. – Zwecklos! Zusammenschimpfen würde sie ihn! Außerdem konnte sie am nächsten Tag sowieso nicht mit, da hatte sie vormittags und nachmittags Dienst im Krankenhaus.

Heiner seufzte schwer. Zerknirscht starrte er auf das Sparbuch. Wenn er es der Besitzerin zurückbringen könnte! Er musste es ja nicht persönlich übergeben, es reichte, wenn er es ihr in den Postkasten steckte ...

Postkasten – in *welchen* denn? Heiner wusste weder Namen noch Anschrift der Frau. Gesehen hatte er sie bloß von hinten und einmal ganz kurz von der Seite. Nur an die grauen Locken konnte er sich genau erinnern. Angezogen war sie mit ... ja *wie* eigentlich? Hatte sie nicht ein hellgraues Kostüm angehabt? Oder war es eher bräunlich gewesen?

Oder gelblich? – Hell jedenfalls. Ojemine! Mit so einer Personenbeschreibung konnte nicht einmal ein Meisterdetektiv etwas anfangen.

Ach ja – eine Kleinigkeit, eine kleine Auffälligkeit fiel Heiner noch ein: das blaue Band an einem der Tragegriffe der Einkaufstasche. Heiner hatte sich gewundert, wozu das gut sein sollte. Vielleicht, dass die Frau nicht aus Versehen eine fremde Tasche erwischte?

Viel wusste Heiner von der Sparbuchbesitzerin jedenfalls nicht. Eigentlich so gut wie gar nichts.

Er grinste plötzlich. Die Sommerferien hatten gerade erst begonnen. Das wurden ja „spannende“ Ferien, wenn er Detektiv spielen musste! Zeit genug hatte er jedenfalls. Er konnte sofort anfangen; und wenn er den „Fall“ löste, bekam er als Lohn ... ja was denn? – Immerhin: ein reines Gewissen, weil er das Sparbuch zurückbrachte. Ohne Heiner läge das Büchelchen dort, wo Vinzenz es hingeworfen hatte – dort, wo die Frau es bestimmt nie suchen würde ...

Heiner seufzte wieder und griff nach dem Zettel.

Losungswort Gottvertrauen

Was sollte der Unsinn?! Das war doch das falsche Losungswort! Sollte es eine Art Andeutung auf das *echte* Losungswort sein? Oder hatte es mit Losungswörtern überhaupt nichts zu tun?

Gottvertrauen ... vielleicht hing das mit der Frau zusammen. Vielleicht war sie, wie man so sagte, ein gläubiger Mensch; einer, der betet; einer, der sonntags in die Kirche geht ...

Heiner musste an seine Mutter denken. „Da hilft nur noch Gottvertrauen“, sagte sie manchmal, wenn sie zu Hause von einem Patienten erzählte, dem es sehr schlecht ging.

Verflixt – wenn die Bankangestellte die Polizei angerufen hatte, konnte Heiner genauso sagen: „Jetzt hilft nur noch Gottvertrauen.“

Er wünschte sich, er wäre mit dem Sparbuch *nicht* zur Bank gerannt. Wegwerfen nützte jetzt, wo er gefilmt worden war, nichts mehr! Er musste das Sparbuch der Besitzerin zurückgeben oder beim Fundamt oder bei der Polizei abliefern.

Gottvertrauen ... ja, wenn die grauhaarige Frau Gottvertrauen besaß, war sie wohl davon überzeugt, dass sie ihr Sparbuch wiederbekommen würde. Dann vertraute sie darauf, dass Gott das Sparbuch einem ehrlichen Finder und nicht einem Schurken in die Hände fallen ließ.

Einem Schurken? – Nein! Heiner wollte kein Schurke sein. Also musste er dafür sorgen, dass das Sparbuch zurück zu seiner Besitzerin gelangte.

Heiner ärgerte sich plötzlich über Vinzenz. *Der* war auf den verhängnisvollen Einfall gekommen, das Buch zu holen! Heiner hatte der Frau schon zurufen wollen, dass sie etwas verloren habe; aber Vinzenz ...

Es half nichts – Heiner fühlte sich selber schuld. Warum ließ er sich immer wieder von Vinzenz und Reinhold etwas anschaffen? Nur damit sie ihn als Freund anerkannten?

Von wegen Freund ... *echte* Freunde würden einen „Heiner“ nicht dauernd zum „Heinerle“ abwerten! Vielleicht war es besser, auf die „Freundschaft“ dieser zwei Burschen zu verzichten. Die Mutter sah es ohnehin nicht gern, wenn er sich mit den beiden herumtrieb. Sie wohnten erst seit ein paar Wochen im selben Wohnblock wie Heiner und seine Mutter.

„Hallo, Nachbar!“, hatten Reinhold und Vinzenz bei der ersten Begegnung im Stiegenhaus kumpelhaft gegrüßt. Bald darauf war er mit ihnen sogar in das neue Kino mitgegangen. Dort hatte er erlebt, wie das ist, wenn einer der Filmhelden scheinbar von der Leinwand herunter mitten unter die Zuschauer springt. Damals hatte Heiner zum ersten Mal gefühlt, dass Vinzenz und Reinhold ihn für einen Feigling hielten. So war’s wohl auch vorhin im Stadtpark gewesen. „Los, hol’s her!“, hatte Vinzenz gerufen; und Heiner hatte gehorcht wie ein dressierter Pudel! Ja, ja, ein Feigling ... einer, der kein Selbstvertrauen und auch kein Gottvertrauen besaß ...

Die Rückkehr der Mutter riss Heiner aus seinen trübseligen Gedanken heraus. Hastig versteckte er Sparbuch und Zettel hinter einer breiten Blumenvase, bevor die Mutter das Wohnzimmer betrat. Sie wollte gleich wissen, ob er sich schon einen Lernplan für die Wiederholungsprüfungen aufgestellt habe.

„Ja“, brummte Heiner.

„Und? Wie sieht der Plan aus?“, fragte die Mutter.

„Die ersten drei Wochen mach’ ich Ferien“, antwortete Heiner mürrisch.

„Wie bitte?“, platzte die Mutter heraus.

„In den ersten drei Wochen tu’ ich nichts“, wiederholte Heiner finster. Als die Mutter etwas erwidern wollte, fuhr er schnell fort: „Das hat uns einmal so ein – Dings – äh – Lernpsychologe geraten. Er hat in unserer Klasse einen Vortrag gehalten und gemeint, trotz einer Nachprüfung sollte man zuerst einmal drei Wochen völlig ausspannen."

„Völlig ... der hat Nerven!", schimpfte die Mutter. „Das kann man sich vielleicht erlauben, wenn man nur *eine* Wiederholungsprüfung ablegen muss. Aber bei *dir* sind's *zwei*! Verrat mir wenigstens, wie dein Lernplan aussieht, sobald du nach den ersten drei Wochen ... *völlig ausgespannt* hast!"

„Das werd' ich mir schon noch überlegen", murmelte Heiner betreten.

„Und so was nennst du ‚Lernplan'!" Die Mutter stemmte vorwurfsvoll die Arme gegen die Hüften. „Ich lasse dir eine Woche Zeit, dann *hast* du einen Lernplan! Oder du kriegst von *mir* einen aufgebrummt! Ich sag' dir was: Wenn es bei uns im Krankenhaus so sorg- und planlos zuginge, wären unsere Patienten arm dran."

„Wer ins Krankenhaus muss, ist sowieso immer arm dran“, entgegnete Heiner.

„Hm, stimmt sogar.“ Einen Augenblick grinste die Mutter. Doch sie nörgelte gleich weiter: „Zum Friseur müsstest du auch wieder einmal. Deine Nackenhaare sind schon wieder so lang. Willst du dir Zöpfe wachsen lassen?“

„Nein“, brummte Heiner. „Aber ich will nicht mit einer Stoppelfrisur herumrennen, nur weil *du* einen Bubikopf hast.“

„Na schön, dann rennst du eben bald mit Zöpfen herum“, erwiderte die Mutter.

„Was gibt's zum Abendessen?“, wollte Heiner fragen – da schellte die Wohnungstürglocke.

Heiner zuckte zusammen. Stand die Polizei draußen?!

„Sei so gut und mach die Tür auf!“, rief die Mutter. Dann ging sie in ihr Zimmer, um ihre Handtasche zu verstauen.

Heiner zitterte vor Schreck, als er zur Wohnungstür trat und die Klinke niederdrückte. Hatte die Bankangestellte also *doch* ...

„Grüß dich, Heiner! Ist deine Mutti schon zu Hause?“

Erleichtert atmete Heiner auf. So sah kein Polizist aus, auch keine Polizistin! Das braunhaarige Fräulein im geblümten Sommerkleid war eine junge Kollegin der Mutter und arbeitete erst seit zwei Wochen im Krankenhaus. Nach Dienstschluss kam sie gern zu Heiners Mutter und ließ sich „Krankenhaus-Nachhilfe“ geben, wie sie das nannte.

„Ah, Frau Seeberg! Kommen Sie herein!“, rief Heiner höflich; und während das Fräulein eintrat, dachte er: „Eigentlich ist es schade, dass meine Mutti nicht auch Geographie- und Englisch-Nachhilfe geben kann.“

5

Detektiv

Nach einer unruhigen Nacht konnte Heiner es am nächsten Morgen kaum erwarten, dass die Mutter zur Arbeit ging – zu Fuß, wie immer. Seit ihrer Scheidung vor über vier Jahren wollte sie sich kein Auto mehr leisten. Den Weg zum Krankenhaus bewältigte sie – sportlich, wie sie war – ohnehin in knapp zwanzig Minuten.

„Vergiss nicht auf deinen Lernplan!“, mahnte sie Heiner, bevor sie die Wohnung verließ.

„Ja, ja, den hab’ ich dir sowieso schon gestern erklärt“, brummte Heiner.

Als die Mutter bei der Tür draußen war, atmete er auf. Er hätte sich zu Tode geschämt, wenn ihr seinetwegen schon in aller Früh ein Polizist in die Wohnung geplatzt wäre! Falls die Bankangestellte am Vortag tatsächlich die Polizei verständigt hatte, läutete es vermutlich gleich am Morgen an der Wohnungstür.

„Nichts wie weg!“, beschloss Heiner.

Er zog sich die Straßenschuhe an, steckte das Sparbuch samt dem verhängnisvollen Zettel in die Hosentasche, trat in den Flur hinaus und versperrte die Wohnungstür.

Ängstlich sah er sich nach Vinzenz und Reinhold um. *Denen* wollte er jetzt lieber nicht begegnen! Vielleicht lagen beide noch in ihren Betten. Arbeitsplatz hatten sie noch immer keinen gefunden. Im Unterschied zu Heiner, dem das letzte Pflichtschuljahr noch bevorstand, mussten sie nicht mehr zur Schule.

Draußen im Freien war die Luft noch kühl. Heiner schlenderte in Richtung Stadtpark.

„Eigentlich ein Schwachsinn“, überlegte er. „Warum sollte ich der Frau heute wieder begegnen? Außer gestern habe ich sie noch nie vorher gesehen. Wieso also heute schon wieder? Das wär’ mehr als ein Glücksfall. Dafür müsste ich ... eine Extraportion *Gottvertrauen* haben ...“

Heiner dachte an seinen Vater. Beten, Gottvertrauen – von so etwas hatte der Vater nie etwas gehalten. Er hatte sich manchmal sogar abschätzig über die Mutter geäußert, weil sie sonntags regelmäßig zur Kirche ging – auch wenn ihr das bei Feiertagsdienst im Krankenhaus nicht immer leichtfiel. Warum Vater und Mutter zuletzt häufig gestritten hatten, war Heiner nie so recht klar geworden. Vor vier Jahren jedenfalls war der Vater wegen einer neuen Freundin in eine andere Stadt übersiedelt. Seither scherte er sich kaum noch um seine „ehemalige" Familie.

„Gottvertrauen – wo soll das herkommen?", fragte sich Heiner in Gedanken.

Sein Vater hielt sich als Programmierer für einen „intelligenten Kerl", der alles mit Verstand meistert und „keinen Pfarrer und keine Betschwester braucht", wie er einmal spöttisch zur Mutter gesagt hatte.

Alles mit Verstand meistern – vielleicht hatte Heiner diese Fähigkeit geerbt. Dann müsste er es ja schaffen, wie ein Detektiv herauszufinden, wer die grauhaarige Frau war und wo sie wohnte.

Wer war sie also?

Dem Alter nach – Vinzenz hatte sie auf über sechzig Jahre geschätzt – musste sie eine Pensionistin sein; und wenn es nach den Eintragungen im Sparbuch ging, war sie nicht reich. Heiner hielt sie für eine Witwe, die sich irgendwo in der Stadt nur eine billige Wohnung leisten konnte.

Billige Wohnungen – solche gab es in der Nähe des Stadtparks mehrere! Heiner dachte gleich an die alten dreistöckigen Häuserblocks, deren Wände geradezu um einen neuen Anstrich bettelten. Genau dort würde ein guter Detektiv mit der Suche nach der grauhaarigen Frau beginnen!

Heiner ließ sich Zeit. Immer wieder blieb er stehen und schaute zurück, wenn eine ältere Dame an ihm vorbeigegangen war. Vinzenz und Reinhold, die sich nur nach *jungen* „Damen" umdrehten, hätten ihn ausgelacht! Einmal hatten sie ihn sogar verspottet, weil er zu feig gewesen war, ein fremdes, großgewachsenes Mädchen anzusprechen. Vor großgewachsenen Menschen hatte er sich schon als kleines Kind gefürchtet; und die überdurchschnittliche Größe seiner Mutter machte ihm täglich bewusst, dass er eigentlich noch immer ein Kind war, obwohl im Herbst sein allerletztes Schuljahr begann – falls er die Wiederholungsprüfungen schaffte.

Wieder näherte sich auf dem Gehsteig eine ältere Frau – eine mit grauen Locken!

Heiner murmelte scheu: „Guten Morgen."

„Morgen!", kam es so schrill zurück, dass Heiner gleich fühlte: „Die ist es nicht."

Er konnte sich noch daran erinnern, wie die grauhaarige Frau, die er suchte, am Vortag den Hundebesitzer gegrüßt hatte: leise, zurückhaltend, nie und nimmer mit einer so grellen Stimme!

„Fehlalarm", dachte Heiner, während er weiterging. Beim Anblick des ersten der dreistöckigen Wohnblocks blieb er entmutigt stehen.

Wie sollte man unter den vielen Leuten, die darin wohnten, eine ältere Frau mit grauen Locken finden? Sollte Heiner an jeder Wohnungstür läuten und warten, wer öffnete? Und dann?

Wenn er wenigstens den Namen der Frau wüsste! Oder wenn er wenigstens ein Foto von ihr hätte! Dann könnte er überall anläuten und fragen, ob jemand die Person auf dem Foto kenne. Doch er hatte keines! Wenn er ein guter Zeichner wäre, könnte er es mit einem „Phantombild" versuchen. Aber er hatte die Frau fast immer nur von hinten gesehen; und ein Phantombild einer Frau von *hinten* – da würde man ihn bestenfalls auslachen, schlimmstenfalls davonjagen!

„Das bringt nichts." Heiner seufzte und wollte aufgeben. Ohne große Hoffnungen schlenderte er weiter.

Da kam ihm wieder eine grauhaarige Frau entgegen! Mit grauen Locken! Und einem hellen Kostüm! Etwas zu groß schien sie zu sein. War sie's oder war sie's nicht?

„Stimmenprobe!", durchzuckte es Heiner. Er musste die Frau zum Sprechen bringen! Also machte er es wie vorhin: Er grüßte höflich: „Guten Morgen!"

Keine Antwort. Ein misstrauischer Seitenblick war alles, was Heiner erreichte.

„Unfreundliche Ziege", wäre es ihm beinahe herausgerutscht. Er schaute der Frau nach und wusste plötzlich: „Die ist viel zu groß! Die Frau von gestern war zierlicher. Und sie hat immerhin den Hundebesitzer gegrüßt. Oder hat sie das nur aus Angst getan?"

Heiner verzichtete darauf, an irgendeiner der Türen zu klingeln. Vielleicht begegnete er der Frau ja doch auf der Straße; oder vielleicht ... dort drüben im Supermarkt? Ja! Vielleicht kaufte sie gerade etwas ein.

Dann hatte sie bestimmt ihre Einkaufstasche mit – die mit dem blauen Band an einem der Tragegriffe! Wenn die Frau tatsächlich hier in der Nähe wohnte, war es sinnvoll, diesen Supermarkt zu überwachen!

Überwachen, rund um die Uhr, mit Kriminalbeamten, die einander abwechselten – so ähnlich würde die Sache vermutlich in einem Kriminalfilm ablaufen. – Von wegen Kriminalfilm! Heiner war völlig allein, er hatte keinerlei Helfer!

Wie wär's mit Vinzenz und Reinhold?

Blödsinn! Warum sollten *die* mitmachen?

Aus Jux! Sie hatten sowieso nichts zu tun. Ihnen war sowieso dauernd langweilig. Also: Finden wir gemeinsam heraus, wer die rätselhafte Frau mit dem Sparbuch ist!

„Hähä, wozu denn, Heinerle? Was hätten wir davon? Willst du bei ihr einbrechen und ihr die fünftausend Piepen stehlen, die sie gestern abgehoben hat?" – Heiner konnte sich gut vorstellen, wie sich die beiden „Freunde" über seinen Vorschlag lustig machten. Was würden sie erst sagen, wenn sie erfuhren, dass Heiner der Frau das Sparbuch *zurückgeben* wollte? Das lächerliche Zwanzig-Euro-Sparbuch!

Nein. Vinzenz und Reinhold als Helfer bei der Suche nach der Frau – diesen Einfall konnte Heiner vergessen.

„Das gibt's nicht!"

Mit einem Ruck blieb er stehen. Unter den Leuten, die sich vor dem Supermarkt tummelten, hatte er Vinzenz und Reinhold entdeckt. Sollte er sie also wirklich gleich fragen ...

„Weg von hier!"

Augenblicklich bog er in die Seitengasse ein, die er soeben erreicht hatte. Er traute seinen „Freunden" nicht.

6

Die beste Lösung?

„Hier war ich noch nie", dachte Heiner, als er an hohen, alten Hausmauern entlangging. Wenn er die Frau mit den grauen Locken tatsächlich finden wollte, musste er die ganze Stadt absuchen – also auch Stadtteile, die er nicht kannte.

Wieder näherte sich eine ältere Dame, diesmal eine weißhaarige, ohne Locken. Heiner konnte auf eine „Stimmenprobe" verzichten. Trotzdem grüßte er höflich.

„Guten Morgen, junger Mann!", erwiderte die Frau freundlich lächelnd.

Heiner lächelte ebenfalls – er konnte gar nicht anders. Die Herzlichkeit dieser Frau war geradezu ansteckend. Schade, dass sie nicht *die* war, die er suchte!

„Zwecklos die Sucherei", dachte er etwas später. „Ich wohne in einer Kleinstadt, wie man so sagt. Und doch kommt sie mir vor wie eine Großstadt, wenn ich dran denke, dass ich darin einen unbekannten Menschen finden will. Vielleicht ist es doch am besten, wenn ich gleich zum Fundamt gehe. Die Anschrift weiß ich ja; und das Sparbuch hab' ich mit."

Heiner blieb stehen und sah sich um.

Hoppla! Wo war er hier überhaupt? Das Sicherste wäre wohl, einfach umzukehren. Doch er wusste, dass er auf die Neureuther Hauptstraße gelangen musste, wenn er in südlicher Richtung weiterging; und die Straße, auf der er jetzt unterwegs war, führte nach Süden, falls er sich nicht täuschte. Also weiter!

Heiner überlegte, was er beim Fundamt sagen sollte. – Na was wohl? Dass er das Sparbuch auf der Parkbank entdeckt hatte!

Und wann war das? Welche Uhrzeit, bitte?

Ojemine! Was würden die wohl noch alles genau wissen wollen? Die *ganze* Wahrheit durfte Heiner nicht verraten. Die Frage nach der Uhrzeit ... na ja, das könne er nicht genau sagen ... auf die Uhr habe er nicht geschaut ...

Die nächste Frage würde wohl lauten, warum er nicht *sofort* zum Fundamt gegangen sei. – Na ja, er hatte zu Hause erst im Telefonbuch die Adresse suchen müssen ... danach wäre es schon spät gewesen ...

So ungefähr stimmte es ja. Aber dass Heiner zuallererst versucht hatte, bei der Bank Geld abzuheben – das war ein Stückchen Wahrheit, das er irgendwie verschweigen musste ...

Vor lauter Grübeln merkte Heiner anfangs gar nicht, dass sich die Umgebung veränderte: Die Straße führte nicht mehr an hohen Wohnblocks vorbei, sondern an Gärten mit kleinen Einfamilienhäusern. Die meisten waren durch dicke Hecken vor neugierigen Blicken geschützt. Ein helles, regelmäßiges Krachen drang plötzlich an Heiners Ohren.

Tack – tack – tack!

Nach einer kurzen Pause begann es von vorn.

Tack – tack – tack!

„Das klingt, wie wenn jemand dünne Kistenbretter zerhackt", dachte Heiner. Kurz darauf erreichte er einen Garten, der keine Hecke hatte, nur einen alten Drahtzaun. Trotzdem versperrten ein paar dicht belaubte Obstbäume teilweise die Sicht. Erst als Heiner das Gartentor erreichte, konnte er das Haus sehen. An der gelb gestrichenen Hauswand waren etliche Kisten mit Brennholz gestapelt, und davor mühte sich gerade eine schmächtige Frau mit einer weiteren Kiste ab, um sie ganz oben auf den Stapel zu stellen. Aber es glückte nicht, die Frau war wohl zu klein und zu schwach. Keuchend setzte sie die volle Kiste wieder ab und wischte sich mit dem Handrücken ein paar Haarsträhnen aus der Stirn – graue Haare. Locken!

Heiner war längst beim Gartentor stehen geblieben. Gespannt starrte er zu der Frau. Er vermisste nur ein helles Kostüm – alles andere passte: Körpergröße, Frisur und Haarfarbe. War es tatsächlich die Sparbuchbesitzerin?!

Die Frau bückte sich nach der Kiste und versuchte zum zweiten Mal, sie auf den Stapel hinaufzuheben. Abermals misslang es.

„Kann ich helfen?"

Das war Heiner irgendwie herausgerutscht – als wollte er es gar nicht von sich aus sagen, sondern als hätte ihn irgendjemand oder irgendetwas dazu gedrängt.

Die Frau hatte es gehört. Sie stellte die schwere Kiste ab, wandte sich verwundert dem Gartentor zu und rief nach kurzem Überlegen: „O ja, bitte! Komm nur herein!"

Die Finger zitterten Heiner, als er die Klinke des Tors niederdrückte. Er ging zögernd über den Gartenweg, an großen Obstbäumen vorbei, darunter einem Kirschbaum mit verlockenden, dunkelroten Früchten.

„Grüß Gott! Dich schickt der Himmel", sagte die Frau. Ihre Stimme klang nicht grell. „Wenn du so lieb wärst ... du bist ein bisschen größer als ich, du kannst besser hinauflangen."

„Oje, ich Trottel", dachte Heiner erschrocken. Er war es gewohnt, „der Kleine" geheißen zu werden – und das klang oft wie „der Schwache".

„Pass auf, die Kiste ist rissig!", warnte die Frau. „Da – brauchst du meine Fäustlinge?" Sie streckte Heiner ihre Hände entgegen, die in wollenen Handschuhen steckten.

„Nein, danke, 's wird schon gehen", murmelte Heiner. Er packte zu und hob die Kiste an.

Au verflixt – die hatte ja wirklich ein Mordsgewicht!

Heiner presste die Lippen zusammen und stemmte das Ding hoch.

„Wart, ich schieb' mit an!", rief die Frau, und schon drückte sie mit beiden Händen von unten gegen den Kistenboden. Sofort fühlte sich die Last um einige Kilo leichter an.

„Noch ein Stück ... und ... oben is' sie!", keuchte Heiner. Erleichtert atmete er aus und ließ die Arme sinken.

„Danke schön!", sagte die Frau freundlich. „Ich weiß, ich hätte mir den Stuhl von da drüben holen und draufsteigen sollen. Aber er ist schon ein bisschen wackelig, und da hab' ich mich nicht getraut. Ich hab' mir nämlich gestern Abend den rechten Fuß verknackst. Ach ja, du, das war gestern ein Unglückstag für mich."

Heiner hielt erschrocken die Luft an. Folgte jetzt der Bericht über das verschwundene Sparbuch? Oder war diese Frau gar nicht die Sparbuchbesitzerin?

Das Sparbuch! Menschenskinder! Es steckte in Heiners Hosentasche und schaute ein Stück heraus – ein kleines bisschen zwar nur; aber was dann, wenn die Frau es entdeckte? Heiner wollte es ja *heimlich* zurückgeben, zum Beispiel indem er es in den Postkasten steckte. Aber wenn die Frau es schon *jetzt* als ihr Eigentum wiedererkannte, kam Heiner um peinliche Erklärungen nicht herum!

Verlegen versuchte er, den dünnen Pullover über die Hosentasche zu ziehen. Es ging nicht – er war zu kurz.

Die Frau merkte nichts. Sie war froh über die unverhoffte Hilfe und sagte erleichtert, dass nun auch die letzte Kiste mit „Kleinholz zum Anheizen“ verstaut sei.

„Haben Sie keine Zentralheizung in diesem Haus?“, entwischte es Heiner. Im selben Augenblick ärgerte er sich über diese Frage. Er sollte sich doch auf kein Gespräch einlassen, solange die Gefahr bestand, dass die Frau das Sparbuch in seiner Hosentasche erblickte! – Freilich, noch war er nicht sicher, ob er wirklich der Sparbuchbesitzerin gegenüberstand.

„Ach weißt du“, antwortete die Frau auf seine Frage, „wenn es im Winter kalt wird, ist mir ein Holzofen im Wohnzimmer lieber. Das ist einfach eine andere, gemütliche Wärme. Nur brauche ich dafür Kleinholz zum Anheizen, verstehst du? Und davon hab' ich mir jetzt, weil's noch kühl ist, einen kleinen Vorrat gehackt: Bretter von alten Steigen. Ach, wenn nur nicht der verknackste Fuß wäre! Beim Stehen spür' ich ja nichts; aber beim Gehen! Dabei müsste ich dringend frisches Brot kaufen.“

„Aha ... na ja ...“ Heiner wusste nicht recht, was er sagen sollte. „Bis zum Supermarkt, das ist freilich ein Stückchen weit ...“

„Nein, nein, ich kauf' doch kein Brot im Supermarkt, wenn es ganz in der Nähe einen hervorragenden Bäcker gibt“, erwiderte die Frau. „Gleich am Ende dieser Straße! Doch mein Fuß – ach!“

„Soll *ich* schnell hingehen?“, rutschte es Heiner heraus – abermals gegen seinen Willen!

„Du? Du würdest das für mich tun?“ Die Frau machte ein überraschtes Gesicht.

„Na ja ... Zeit hätt' ich genug.“ Heiner schaute verlegen vor sich hin und dachte schon wieder: „Ich Trottel!“

„Das ist lieb von dir!“, rief die Frau erfreut. „Wart, ich hol' gleich das Geld!“

Sie zog rasch die Wollhandschuhe aus und legte sie auf den Hackstock, dann eilte sie ins Haus.

„Das hab' ich nötig gehabt, ich Esel!“, dachte Heiner. „Was red' ich heut' dauernd für einen Blödsinn daher?“

Kurz darauf zuckte er zusammen. Den „Blödsinn", den er soeben „dahergeredet" hatte, musste ihm irgendeine höhere Weisheit eingegeben haben. Die Frau brachte nämlich nicht nur das Geld herbei, sondern auch eine Einkaufstasche; eine Einkaufstasche aus hellem, braunem Leder. Heiner erkannte sofort das dunkelblaue Band an einem der beiden Tragegriffe!

„Bitte, da ist das Geld." Die Frau drückte Heiner einen Geldschein in die rechte Hand und hielt ihm die Tasche entgegen. Er zögerte, zeigte auf das blaue Band und stotterte: „Wofür ... äh ... ist denn *das* da?"

„Ach!" Die Frau lachte. „Ich sehe nicht mehr so gut wie früher. Taschen dieser Art gibt's viele. Also hab' ich, damit ich sie nicht verwechsle, das Band drangebunden."

„Ah ... eh schlau", murmelte Heiner. Endlich griff er mit der Linken nach der Tasche.

„Sag dem Herrn Bäckermeister einen schönen Gruß von mir!", bat die Frau. „Einen schönen Gruß von der Frau Anna, er kennt mich ja. Sag ihm, ich hätt' gern ein Kilo Brot von der gewohnten Sorte, aber *backofenfrisch*. Und sag ihm, dass ich das nächste Mal selber komme, ich hab' mir den Fuß verknackst."

„Äh ... ja." Schon wollte Heiner das Geld einstecken. Im letzten Augenblick hielt er inne. Die Frau durfte nicht das Sparbuch in seiner Hosentasche sehen! Also umklammerte er den Geldschein fest mit der rechten Hand und versuchte mit der linken die Einkaufstasche so zu halten, dass sie die Hosentasche verdeckte. Dann fragte er: „Wie komme ich zu dem Bäcker ... in welcher Richtung?"

„Flott zum Gartentor hinaus und rechts weiter", antwortete die Frau fröhlich. „Ich räume hier inzwischen ein bisschen auf."

„Gut. Ich beeil' mich", entgegnete Heiner. Er wandte sich ab und versuchte noch immer, die Einkaufstasche so zu halten, dass sie die Hosentasche mit dem Sparbuch verdeckte.

7

Anna N.

Der Bäckerladen war tatsächlich nicht weit entfernt. Kaum zehn Minuten später kehrte Heiner zurück. Vor dem Eingangstor der Frau – der Sparbuchbesitzerin, wie er jetzt sicher wusste! – blieb er stehen. Auf dem Postkasten hatte er ein kleines Namensschild entdeckt:

Anna N.

Sonderbar! Warum kürzte die Frau ihren Familiennamen ab? Oder war *Anna* der Familienname?

„Einen schönen Gruß an die Frau Anna", ließ der Bäckermeister ausrichten. Im Augenblick war sie nirgendwo im Garten zu sehen.

Das Sparbuch! Rasch in den Postkasten damit! Samt dem Losungswortzettel! Dann war diese heikle Sache endgültig erledigt!

Das Büchelchen glitt durch den Schlitz des Postkastens, Heiner atmete erleichtert auf.

Wie schnell alles plötzlich gegangen war! Vor einer halben Stunde hätte Heiner nicht zu hoffen gewagt, dass er die Sparbuchbesitzerin so bald finden würde! Und jetzt – jetzt hatte er ihr sogar schon zum zweiten Mal einen Gefallen getan, wie einer guten Bekannten! Hatte das irgendwie mit Gottvertrauen zu tun? Vielleicht mit einem außerordentlichen Gottvertrauen dieser Frau? Heiner wusste es nicht. Er fühlte sich unendlich erleichtert und drückte auf die Türklinke, um das Brot abzuliefern. – Dass er vom Nachbarsgarten aus beobachtet wurde, merkte er nicht.

Dort, wo Frau Anna noch vor zehn Minuten Steigen zerhackt hatte, war bereits alles sauber zusammengeräumt. Gerade als Heiner klingeln wollte, ging die Haustür auf, und Frau Anna empfing ihn mit den Worten: „Ah, mein Brotbote ist da! Komm herein!“

Er richtete ihr den Gruß vom Bäckermeister aus, folgte ihr ins Vorhaus und danach in die Küche, die zugleich als Wohnzimmer diente. Der Raum wirkte schlicht eingerichtet, aber sauber und gemütlich. Heiner stellte die Tasche auf den Küchentisch und legte das Wechselgeld dazu.

„Behalt’s nur, das ist dein Botenlohn!“, sagte Frau Anna freundlich, aber er lehnte ab. Er konnte doch kein Geld von einer Frau annehmen, deren Sparbuch er am Vortag beinahe geplündert hätte!

„Na schön“, gab sie nach, während sie die Papiertüte mit dem Brot aus der Einkaufstasche herauszog. „Aber *kosten* musst du wenigstens. Es gibt nichts Köstlicheres als ofenfrisches, knuspriges Brot.“

Im Nu hatte sie sich aus der Kredenz ein Küchenmesser herausgeholt und zwei große Brotstücke abgeschnitten.

„Eins für dich und eins für mich“, sagte sie lächelnd. „Welches magst du lieber: das Ende oder die Scheibe? Magst du etwas dazu? Butter und Marmelade. Oder Honig. Oder etwas zu trinken?“

„Nein, danke“, erwiderte Heiner. „Wenn’s recht ist, nehm’ ich das Ende. Das Scherzl, wie meine Mutti sagt. Wenn Brot noch warm ist, mag ich nichts dazu.“

„Haha, genau wie ich!“, lachte Frau Anna, und schon hielt sie Heiner das „Scherzl“ hin. Er nahm es, dankte und biss vorsichtig zu.

„Mahlzeit!“, rief Frau Anna. Genüsslich biss sie in das zweite Stück. Stehend verzehrten die beiden ihr Brot, und man konnte sehen, dass es ihnen schmeckte. Sie sprachen kein Wort, kauten nur und blickten einander immer wieder lächelnd an. Heiner fand jetzt endlich Zeit, das Gesicht der Frau näher zu betrachten.

Ja, sie war alt, die Frau Anna, bestimmt schon über sechzig Jahre. Das verrieten die Falten rund um die Augen, auf der Stirn und in den Wangen. Sie hatte wohl schlimme Tage überstanden. Trotzdem war sie kein mürrischer, verbitterter Mensch geworden. Sie wirkte auf Heiner wie jemand, dem man sofort vertrauen konnte.

„Aber jetzt“, sagte sie, als sie fertig gegessen hatte, „jetzt musst du mir deinen Namen verraten.“

„Heiner“, antwortete Heiner.

Die Frau war zufrieden und fragte nicht nach dem Familiennamen. Sie sagte nur: „Ah, das ist eine Form von ‚Heinrich‘. Gefällt mir! Und *ich* bin die Frau Anna, das weißt du ja schon.“

„Hm.“ Heiner nickte und fragte ebenfalls nicht weiter. Nachdem er den letzten Bissen hinuntergeschluckt hatte, dankte er und verabschiedete sich.

„Magst du ein paar Kirschen, frisch vom Baum?“ Frau Anna deutete hinaus zum Kirschbaum, dessen Blätter hell in der Morgensonne leuchteten.

Heiner zuckte unschlüssig mit den Schultern.

„Keine Angst, da sind keine Würmer drin“, versicherte Frau Anna schmunzelnd. Sie begleitete Heiner humpelnd in den Garten hinaus zu dem prächtigen Kirschbaum und pflückte vom untersten Ast eine Kostprobe. Heiner bedankte sich und kostete also.

„Die schmecken wirklich gut“, meinte er.

Frau Anna ließ ihre Blicke über den Baum gleiten, seufzte und sagte: „Die Kirschen wären reif zum Abnehmen. Aber ich weiß nicht, wie ich das mit meinem verknacksten Fuß schaffen soll.“

„Na ja“, murmelte Heiner. Und wieder rutschte es wie von allein aus ihm heraus: „Kann ich vielleicht helfen?“

„Du?“ Frau Anna wandte ihm verblüfft das Gesicht zu.

„Ich meine nur ... ich hab’ ja Sommerferien“, sagte Heiner zögernd. In Gedanken fragte er sich: „Was red’ ich denn schon wieder?“

„Das wäre großartig“, entgegnete Frau Anna. „Wann könntest du kommen?“

Heiner zuckte mit den Schultern.

„Wie wär’s morgen am Vormittag?“, schlug Frau Anna vor. „Noch bevor es allzu warm wird! Sagen wir um neun?“

Heiner zuckte abermals mit den Schultern und erwiderte: „Ich weiß nicht ... wenn meine Mutti nichts dagegen hat ...“ In Gedanken fügte er hinzu: „Was soll sie schon dagegen haben? Morgen ist sie sowieso den ganzen Tag im Krankenhaus.“

„Also gut!“, rief Frau Anna erfreut. „Wenn du darfst, kommst du um neun; und wenn du *nicht* darfst, hab’ ich halt Pech gehabt. Frag deine Mutti, ob sie Kirschen haben möchte. Zum Einkochen zum Beispiel. Oder für Marmelade.“

„Ich frag’ sie.“ Heiner nickte. Dann hielt er es für höchste Zeit, sich zu verabschieden.

Frau Anna schenkte ihm noch eine Handvoll Kirschen und bedankte sich fürs Brotholen. Kurz darauf schloss Heiner das Gartentor, von dem er vor ein paar Minuten noch geglaubt hatte, er würde es nie wieder öffnen müssen. Verstohlen blickte er zum Postkasten. Bald musste der Briefträger vorbeikommen, danach würde das Sparbuch nicht mehr mit dem rätselhaften Zettel allein sein. Gottvertrauen ...

8

Alles in Ordnung?

„Das gibt's nicht!", dachte Heiner auf dem Heimweg. „Das ist ja wie in einem Kitschroman! So etwas Unwahrscheinliches: Da bilde ich mir seit gestern ein, ich könnte während der Ferien eine unbekannte Frau wiederfinden – und *jetzt* schon komm' ich gerade von ihr zurück. Der Sparbuchärger ist vorbei! Na ja ... *ganz* vorbei noch nicht. Morgen soll ich noch einmal hin, zur Frau *Anna*. Kirschen klauben!"

Heiner verspeiste die letzte von den Kirschen, die ihm Frau Anna geschenkt hatte, und musste plötzlich grinsen. Vor nicht einmal einer halben Stunde war er nahe daran gewesen, sich von Vinzenz und Reinhold bei der Suche helfen zu lassen. Aber er hatte sich von ihnen abgewendet und einen *anderen* Weg eingeschlagen – den richtigen!

So etwas konnte kein Zufall sein!

Dann war es aber wohl auch kein Zufall, dass er die Gelegenheit hatte, am nächsten Morgen noch einmal zu Frau Anna hinzugehen; als Gehilfe beim Kirschenpflücken.

Sollte er es tun? Sollte er die Mutti um Erlaubnis fragen?

Wozu denn? Die Mutter war sowieso nicht zu Hause, die brauchte es gar nicht zu wissen. Falls er sie später mit einer Ladung Kirschen überraschte – umso erfreulicher für sie!

Um Kirschen ging es Heiner wirklich nicht, auch wenn sie herrlich schmeckten. Da war irgendetwas anderes, das ihn drängte, Frau Anna noch einmal aufzusuchen – aber *was*?

Immerhin: Sie war nett und freundlich; wie eine Tante oder eine liebe Oma. Heiner hatte keine Großeltern mehr, auch keine Onkeln und Tanten, die sich um ihn kümmerten. Wozu auch? Die Mutti war ja da, zwar streng und oft mürrisch. Aber er konnte sich auf sie verlassen.

Nein, irgendetwas anderes drängte ihn, noch einmal zu Frau Anna zu gehen. Es musste ihre Hilflosigkeit sein. Er fühlte es – er hatte es schon gefühlt, als die Frau mit der schweren Brennholzkiste nicht zurechtgekommen war: Das ist ein Mensch, der Hilfe braucht ...

Wohnte sie allein in ihrem Haus? Dann musste sie schrecklich einsam sein. Kein Wunder, dass sie sich über die unerwartete Hilfe so gefreut hatte! Andere hätten an ihrer Stelle einen Burschen, der beim Gartentor herumlungert, sofort davongejagt ...

Vor lauter Grübeln wurde Heiner zuerst gar nicht bewusst, dass er sich wieder den Wohnblocks näherte. Als er das Gartentor des letzten Einfamilienhauses erreichte, blieb er mit einem Ruck stehen und dachte: „Ich Trottel! Ich weiß nicht einmal, wie die Straße heißt, in der Frau Anna wohnt. Aber hier hängt ja ein Hausnummernschild, da steht auch der Straßenname drauf: El... El... Elwitschgergasse. Das muss ich mir merken."

Kurz darauf kam Heiner bei der Kreuzung an, von wo aus er vorhin die Leute vor dem Supermarkt gesehen hatte. Vinzenz und Reinhold standen längst nicht mehr dort herum.

„Was wär' wohl passiert, wenn ich sie um Hilfe gefragt hätte und *nicht* gleich in die Elwitschgergasse abgebogen wäre?", fragte sich Heiner in Gedanken. Er grinste plötzlich, klopfte sich auf die Hosentasche und dachte froh: „Dann hätt' ich jetzt noch immer das blöde Sparbuch eingesteckt. Jetzt bin ich's los – und es ist endlich dort, wo's hingehört. Vielleicht schaut die Frau Anna gerade nach der Post. Ui! Sie wird staunen!"

Ja, nun war alles in Ordnung! Eine alte Frau hatte ihr Sparbuch verloren und wiedergefunden – wenn auch auf eine Weise, die ihr höchst rätselhaft erscheinen musste.

Erleichtert setzte Heiner seinen Heimweg fort. Erst als er die Wohnung aufschloss, fiel ihm mit Schrecken ein: *Noch* war *nicht* alles in Ordnung! *Noch* musste er damit rechnen, dass sich die Polizei meldete! Wenn jetzt ein Polizist daherkam und nachforschte, musste Heiner ihm irgendetwas vorschwindeln oder die ganze unglaubliche Geschichte bekennen. Na wennschon – das Sparbuch war im Postkasten der Besitzerin in Sicherheit. Das könnte höchstens irgendwer herausfischen, der Heiner beobachtet hatte. Na wer schon! Bestimmt hatte längst der Briefträger die Post gebracht, und Frau Anna hatte den Kasten geleert – mit der angenehmen Überraschung!

Heiner seufzte laut, zog sich die Straßenschuhe aus und ließ sich aufs Sofa fallen. Eine Weile horchte er.

Läutete jemand an der Tür? – Nein, die Klingel blieb stumm.

Wenn sich bis Mittag kein Polizist meldete, dann hatte die Bankangestellte wohl *doch nicht* die Polizei angerufen. Warum auch? Nur wegen zwanzig Euro?

Heiner hielt die Stille in der Wohnung nicht aus. Er schaltete Muttis Radioapparat ein, geriet aber gleich mitten in eine aufdringliche Werbesendung hinein.

„Marktschreier, blöde!“, dachte er und suchte etwas anderes. Das alte Radiogerät konnte die meisten Sender nicht störungsfrei empfangen. Nachrichtengequassel mochte Heiner nicht. Es blieben nur zwei störungsfreie Musiksender übrig: Der eine bot ruhige, für Heiner eher langweilige Geigenmusik an, der andere schrille, rhythmische Schlager, zu denen mehr gekreischt als gesungen wurde.

„Das sind Schlager*schreier*, nicht Schlagersänger“, dachte Heiner. Er entschied sich für die Geigenmusik. Hauptsache, es war im Zimmer nicht völlig still!

Wenn nur schon der Vormittag vorbei wäre! Falls sich die Polizei wirklich noch meldete, dann bestimmt spätestens bis Mittag.

Heiner versuchte sich abzulenken – auf eine ungewohnte Weise: Er holte sich die Geographie- und Englisch-Schulsachen und sah nach, was er für die Wiederholungsprüfung lernen musste. Nicht wenig ...

„Ich Trottel!“, dachte er verdrossen. Dann fragte er sich, wie oft er an diesem Morgen schon „Ich Trottel!“ gedacht hatte. Auch nicht wenig ...

9

Kirschendiebe

Entschlossen schaltete Heiner das Radiogerät aus. Geradeso, als könne er durch Bravsein die Polizei verscheuchen, vertiefte er sich in die beiden Unterrichtsfächer, in denen er im abgelaufenen Schuljahr „versagt" hatte.

„Von wegen ‚versagt' – ich hätte nur mitlernen müssen", redete Heiner sich ein. „Es gibt Blödere als mich in der Klasse, und die sind durchgekommen!"

Immer wieder seufzend, rechnete er nach, wie viele Kapitel er in jeder Woche wiederholen musste, wenn er in den ersten drei Ferienwochen *gar nichts* für die Schule tun wollte.

„Oje! Das geht sich vorn und hinten nicht aus!", stellte er stöhnend fest. Probehalber lernte er gleich die Vokabeln für das erste Lehrstück im Englischbuch.

Sonderbar. Das glückte schneller, als er geglaubt hatte! Anscheinend war noch einiges von früher in seinem Gedächtnis hängen geblieben; und weil gerade alles so schön klappte, begann Heiner mit den Übungsbeispielen zum ersten Lehrstück, der „Lesson one".

Würde die Polizei doch noch kommen?

Warum denn *jetzt* noch? Es war immerhin – Mensch! – schon halb elf Uhr!

Sollte sie doch kommen, die Polizei! *Vorher* wollte Heiner wenigstens noch ein bisschen für die Wiederholungsprüfungen schaffen ... die Fragen zum ersten Stück ... vielleicht das Grammatikkapitel ... und noch die Übersetzungsbeispiele ... ja, warum nicht gleich die *ganze* „Lesson one"?

Noch bevor irgendjemand an der Haustür läutete, war Heiner mit dem gesamten ersten Lehrstück fertig. Er hielt es für das leichteste von allen. Immerhin: *ein* lästiges Stück weniger!

Inzwischen waren die Zeiger der Wanduhr auf drei viertel zwölf vorgerückt – und *niemand* hatte an der Haustür geklingelt! Kein Polizist, keine Polizistin!

„Hab' ich jetzt aus *Langeweile* gelernt oder aus Angst vor der Polizei?", fragte sich Heiner. Er musste plötzlich schmunzeln. Was für ein angenehmes Gefühl, einen kleinen Teil für die Wiederholungsprüfungen erledigt zu haben!

Vor der Polizei brauchte sich Heiner wohl nicht mehr zu fürchten. Die hätte sich doch schon längst melden müssen! Außerdem: Heiner hatte das Sparbuch inzwischen dorthin gebracht, wo es hingehörte. Damit war die Sache in Ordnung ...

Ganz in Ordnung noch nicht – das wurde Heiner am nächsten Morgen bewusst, nachdem die Mutter zu ihrem Dienst ins Krankenhaus gegangen war.

Versprochen hatte Heiner nichts; und doch peinigte ihn eine innere Stimme: Du musst noch einmal hin zu dieser alten Frau! Die *wartet* schon ...

Warten war etwas, was Heiner hasste. Also verließ er um halb neun die Wohnung.

Elwitschgergasse Nummer ...

Oje, die Hausnummer wusste Heiner nicht. Aber *den* Postkasten, in den er außer dem Sparbuch sozusagen die ganze Last eines schlechten Gewissens gesteckt hatte, den fand er sicher gleich. Der hatte ohnehin ein Schild mit einer Aufschrift: *Anna N.*

Viel früher als erwartet, erreichte Heiner die Elwitschgergasse. Einerseits freute er sich, die nette Frau Anna wiederzusehen. Anderseits quälte ihn ein beklemmendes Gefühl. Würde sie ihm von dem Sparbuch erzählen? Für sie musste das doch eine rätselhafte, geradezu wunderliche Geschichte sein! Man stelle sich das einmal vor: Ein Sparbuch verschwindet; und am nächsten Tag steckt es im Postkasten. Es ist ein *anonymes* Sparbuch, eines ohne Hinweis auf den Besitzer! Wie also konnte der Finder es dem *richtigen* Besitzer zurückbringen? Hatte Frau Anna einen Verdacht? Hatte sie vielleicht vom Fenster aus beobachtet, dass *Heiner* etwas in ihren Postkasten gesteckt hatte?

Nein, das war nicht möglich. Das wurde Heiner sofort klar, als er neuerlich vor dem Gartentor stand: Die hohen, jetzt im Sommer dicht belaubten Obstbäume versperrten den Blick von den Fenstern des Hauses zum Tor. Na also!

Heiner atmete tief durch und drückte die Klinke nieder. Nach ein paar Schritten über den Gartenweg entdeckte er auf der Hauswand ein blaues Schild mit einer weißen Nummer darauf:

35

Ah! Elwitschgergasse fünfunddreißig! Nun wusste Heiner also auch die genaue Adresse.

Staunend ging er an dem Kirschbaum vorbei. Gar nicht so klein, der Bursche! Für den brauchte man bei der Ernte eine lange Leiter.

Hoppla, dort lag ja schon eine neben der Hauswand bereit! Am Vortag war sie noch nicht da gewesen. Also rechnete Frau Anna damit, dass Heiner tatsächlich zum Kirschenpflücken kommen würde. Gespannt tippte er bei der Haustür auf die Taste für die Klingel. Früher als erwartet ging die Tür auf.

„Guten Morgen, Heiner!“ Frau Anna lächelte ihrem Besucher erfreut entgegen. „Ich hab’ dich schon vom Fenster aus gesehen.“

Heiner hielt erschrocken inne.

Konnte man das Gartentor also *doch* vom Haus aus beobachten? Oder nur den Gartenweg?

„Guten ... Morgen“, grüßte Heiner stockend. Er räusperte sich, dann sprach er verunsichert weiter: „Ich komm’ wegen ... der Kirschen.“

„Das ist lieb von dir! Danke!“, rief Frau Anna. „Die Leiter hab’ ich schon hergeräumt. Aber beim Aufstellen musst du mir bitte helfen.“

„Geht’s Ihrem Fuß noch immer nicht besser?“, erkundigte sich Heiner.

„Na ja ... ein bisschen“, meinte Frau Anna. „Aber ich bin lieber vorsichtig. Komm!“

Zuerst ließ sie sich helfen, auf der Wiese neben dem Haus einen kleinen Klapptisch aufzustellen. Danach schleppten sie die lange Leiter zu zweit zum Kirschbaum und lehnten sie so an den Stamm, dass man von ihr aus möglichst viele Kirschen erreichen konnte. Frau Anna gab Heiner einen Eimer, an dessen Griff sie einen Drahthaken befestigt hatte, sodass man den Eimer an die Leitersprossen oder an Äste hängen konnte.

„Wirf alle Kirschen, die du erwischen kannst, in den Eimer. Du brauchst sie nicht zu sortieren. Es macht nichts, wenn ein paar faule dabei sind“, erklärte Frau Anna. „Sortieren werd’ ich sie selber drüben beim Klapptisch. Ich nehme zuerst alle Kirschen ab, die ich ohne Leiter erlangen kann. Du musst nicht gleich ganz hinaufsteigen. Fang unten an!“

„Einverstanden.“ Heiner nickte.

„Bist du schwindelfrei?“, fragte Frau Anna.

„’s wird schon gehen“, murmelte Heiner, ohne sie anzublicken.

Oje! Er war noch nie zum Obsternten auf eine hohe Leiter geklettert! So ruhig und fest wie die Leitern im Turnsaal würde *diese* Leiter wohl *nicht* stehen ...

„Also, los geht’s!“, rief Frau Anna fröhlich. „Und nicht vergessen: Kostproben sind jederzeit erlaubt!“

„Danke!“ Heiner schmunzelte und stieg mit dem Eimer vorsichtig auf die Leiter.

Uh ... das Ding schwankte! Aber es konnte nirgends wegrutschen – weder unten auf dem Grasboden noch oben, wo es zwischen Ästen festklemmte. Frau Anna wusste anscheinend genau, wie man bei der Obsternte Leitern sicher anlehnte. Sie war wohl schon etliche Jahre selber über diese Leiter auf den Kirschbaum geklettert – und auch auf die anderen Obstbäume in ihrem Garten.

Die Kirschen hingen so dicht, dass Heiner den nicht gerade großen Eimer bald voll bekam, ohne sich höher auf die Leiter hinaufwagen zu müssen. Er stieg wieder nach unten und entleerte ihn in eine breite Schüssel, die dafür auf dem Klapptisch bereitstand. Dann kehrte Heiner zur Leiter zurück und kletterte langsam ein Stückchen höher als vorhin. Er schämte und ärgerte sich zugleich, weil er nicht ganz schwindelfrei war. Zugeben wollte er das nicht, schon gar nicht gegenüber einer alten Frau, die wahrscheinlich schon längst auf den oberen Leitersprossen stünde, wenn nicht ein verletzter Fuß sie daran hinderte. Trotz ihres Alters griffen ihre Hände noch flink zu, sodass sie bald sämtliche Kirschen abgenommen hatte, die sie ohne Leiter erlangen konnte. Danach setzte sie sich zum Klapptisch und fing an, die Kirschen zu sortieren.

Allmählich traute Heiner sich höher. Dafür wurde er doppelt belohnt: mit den schönsten, dunkelroten Kirschen – Kostproben waren ja „jederzeit erlaubt“ – und mit einem herrlichen Ausblick auf die benachbarten Gärten. Überall wuchsen prächtige Obstbäume, vor allem Apfel- und

Birnbäume. Drei Häuser weiter entdeckte Heiner einen Kirschbaum, ebenfalls reif für die Ernte. Und dort wurde tatsächlich „geerntet“: Ein dunkelhaariger Bursche stand auf einem Betonpfeiler des Zauns und langte tüchtig zu – für sich selber und seinen blondhaarigen Begleiter, der auf der Straße wartete und sich vom Dunkelhaarigen mit Früchten versorgen ließ.

„Das gibt’s nicht – träum’ ich?“, durchzuckte es Heiner. Er glaubte die beiden zu erkennen: Reinhold und Vinzenz!

Gespannt starrte Heiner zu den beiden Burschen und vergaß beinahe, warum er sich so hoch auf den Baum heraufgewagt hatte. Erst als Frau Anna unten an die Leiter herantrat und fragte, ob es schon „Nachschub" gebe, besann er sich und rief mit gedämpfter Stimme nach unten: „Da sind Kirschendiebe unterwegs – drei Häuser weiter!"

„Ah, das ist bei den Gumpelsbergers!" Frau Anna schmunzelte. „Die haben ihren Kirschbaum verlockend nahe an der Straße gepflanzt. Falls Herr Gumpelsberger zu Hause ist, dürfte gleich ein Donnerwetter losbrechen."

Tatsächlich glaubte Heiner, das Zuschlagen einer Tür zu vernehmen. Im selben Augenblick sprang der Dunkelhaarige vom Betonpfeiler herunter, packte den blonden Gefährten am Arm und zog ihn mit sich.

„Sie kommen her", meldete Heiner von der Leiter aus.

Im Gumpelsbergerschen Garten blieb alles friedlich. Die beiden Kirschendiebe näherten sich, doch das dichte Laub des Kirschbaums entzog sie plötzlich Heiners Blicken.

Frau Anna kehrte zum Klapptisch zurück, weil Heiner für sie noch keinen „Nachschub" hatte. Auf einmal rief jemand vom Gartentor her: „Gibt's da ein paar Kirschen zu klauben?"

Ohne den Rufenden zu sehen, wusste Heiner sofort: Vinzenz! Demnach konnte der Begleiter nur Reinhold sein. Nicht zu fassen: Gerade hatten die zwei Kerle Kirschen *gestohlen* – und jetzt *bettelten* sie dreist um Kirschen! Was würde Frau Anna tun?

„Haaallo! Gibt's da ein paar Kirschen für ein paar hungrige Leute?", rief die Stimme von vorhin.

„Vinzenz, dieser Oberfrechdachs!", dachte Heiner entrüstet. Plötzlich durchzuckte ihn ein Schreck: „Die werden doch nicht hereinkommen! Ich hab' keine Lust drauf, dass die mich hier entdecken."

„Haaallo!", fing Vinzenz wieder an.

„Ich komme schon!"

Das war Frau Anna! Mit einer Handvoll Kirschen ging sie unten am Baum vorbei. Von dem, was sich kurz darauf beim Gartentor abspielte, konnte Heiner wegen des dichten Blätterwerks nichts sehen. Er hörte nur Stimmen.

„Ist es möglich? Ihr bittet um Kirschen und habt gerade erst welche gestohlen, drei Häuser weiter?"

Frau Anna!

Den Kirschendieben musste es die Sprache verschlagen haben. Erst nach einer Verlegenheitspause beteuerte Vinzenz mit verräterisch unsicherer Stimme: „*Wir* stehlen doch keine Kirschen. Wir *fragen* vorher.“

„Ah – ob ihr stehlen dürft?“ Frau Anna hörte sich an, als müsse sie ein Lachen unterdrücken. „Denkt euch nur: Ihr seid vorhin beim Stibitzen gesehen worden.“

„Äh ... wie denn ... wie wollen Sie uns von hier aus gesehen haben?“

„Ihr seid – von *oben* gesehen worden; *hoch vom Himmel her*! Da hilft kein Leugnen. Aber bevor ihr euch in weitere Lügen verstrickt – haltet eure Hände her! Eine Kostprobe könnt ihr haben. Aber gestohlen wird nicht mehr.“

„*Wir* stehlen doch nicht.“

„Ja ja ja. Ihr könnt sicher sein: Der Herrgott hat euch vorhin gesehen. Und jetzt geht und stehlt nicht mehr!“

Heiner hielt vor Aufregung den Atem an. Kaum zu glauben, wie Frau Anna die beiden Kerle abfertigte! Kurz darauf konnte man zwar hören, wie Vinzenz spöttisch rief: „Danke für die Kirschen! Auch an den Herrgott!“ Doch die beiden Kirschendiebe verzogen sich bereits vom Gartentor.

„Ist schon recht, dass ihr euch beim Herrgott bedankt!“, rief Frau Anna den beiden nach. „Ohne ihn gibt’s gar nichts. Da wächst nicht einmal ein Grashalm.“

Heiner staunte nur noch über die alte Frau. Als er sicher war, dass die Störenfriede nicht mehr zurückkommen würden, stieg er zu ihr hinunter und sagte bewundernd: „Wie Sie das gemacht haben – ich bin ganz baff!“

Frau Anna lachte und entgegnete, sie habe in ihrem langen Leben schon mit „ganz anderen Leutchen“ fertigwerden müssen.

„Geht und stehlt nicht mehr“, murmelte Heiner nachdenklich vor sich hin. Dann sah er Frau Anna an und fuhr fort: „Das erinnert mich an meinen Religionslehrer.“

„Religionslehrer? Wieso *das*?“

„Na ja ...“ Heiner wandte seinen Blick wieder ab und entgegnete verlegen: „Der hat uns einmal eine Geschichte erzählt ... von einer Frau ... die wollte man steinigen, weil sie ihren Ehemann betrogen hatte. Da sagte Jesus zu den Leuten: ‚Wer von euch ohne Sünde ist, werfe als Erster einen Stein auf sie.‘ Dann haben sie die Frau in Ruhe gelassen, und

Jesus hat zu ihr gesagt: ‚Geh und sündige von jetzt an nicht mehr!‘ – Genauso wie *Sie* vorhin gesagt haben: ‚Geht und stehlt nicht mehr!‘ Das find’ ich ... verblüffend.“

„Ja, du, die Geschichte von der Ehebrecherin, die kenn’ ich aus der Bibel.“ Frau Anna lächelte. „Es freut mich, dass du sie auch kennst.“

„Irgendwie ist es ... zum Lachen, wie Sie mit den Kerlen geredet haben“, meinte Heiner. „Sie haben ihnen klargemacht, dass sie Diebe sind. Ohne mit ihnen herumzubrüllen oder herumzuschimpfen! Und doch haben Sie ihnen das geschenkt, was sie wollten: ein paar Kirschen.“

„Warum nicht?“ Frau Anna schmunzelte. „Ich hab’ ja genug; und wenn ich’s *nicht* getan hätte, wären sie vielleicht wiedergekommen und hätten sich *heimlich* von meinen Kirschen geholt. So aber sind sie begnadigt worden: als überführte Kirschendiebe, mit einem Kirschengeschenk und einer kleinen Belehrung. Ich hab’s ihren Gesichtern angemerkt, wie verlegen beide waren – auch wenn sich der eine hinterher wie ein Flegel spöttisch bedankt hat. Aber ich sag’ dir was, Heiner: Die zwei werden bestimmt noch darüber nachdenken, was ihnen heute passiert ist.“

„Und wenn sie wirklich noch einmal kommen, um Kirschen zu stehlen?“

„Dann wird nichts mehr da sein – wenn du mir hilfst, alle Kirschen rechtzeitig abzuernten.“ Frau Anna lächelte schlau.

10

Ein sonderbares Geschenk

So schnell, wie Heiner sich das zuerst vorgestellt hatte, ging es mit der Kirschenernte nicht. Um halb zwölf brach Frau Anna die Arbeit mit den Kirschen ab, um das Mittagessen zu richten. Ihre freundliche Einladung, zum Essen zu bleiben, wollte Heiner nicht annehmen.

„Meine Mutti kochte heute selber. Wenn ich zu spät heimkomme, ist sie wieder den ganzen Tag grantig", erzählte er.

„Unpünktlichkeit beim Essen habe ich auch nie gemocht", gestand Frau Anna. „Beeil dich also – aber wart: Ich geb' dir einen Eimer Kirschen mit. Sag mir Bescheid, wenn deine Mutti mehr davon haben will! Du hast immerhin den halben Baum für mich abgepflückt, also gehört die halbe Ernte dir."

„Nein, danke!", rief Heiner lachend. „Eine Kostprobe für Mutti reicht vorläufig."

Frau Anna füllte einen kleinen Plastikeimer mit Kirschen. Sie verschloss ihn mit dem dazugehörigen Deckel und streckte ihn Heiner entgegen: „Da! Aber sag mir wirklich sofort Bescheid, wenn ihr noch mehr haben wollt. Bring mir den Eimer bitte gelegentlich zurück!"

„Das tu' ich gleich nach dem Essen", versprach Heiner. Er verabschiedete sich und machte sich gut gelaunt auf den Heimweg.

Was für ein angenehmer Vormittag! Frau Anna hatte kein Wort von der peinlichen „Sparbuchgeschichte" erwähnt. Wahrscheinlich hielt sie die Sache für erledigt und wollte sie nicht einem wildfremden Burschen anvertrauen. Dann war also alles in Ordnung! Obendrein hatten Vinzenz und Reinhold, die sich gern aufspielten, einen Denkzettel verpasst bekommen – einen, an den sie noch lange *denken* würden. Das geschah diesen Angebern recht!

Nun musste Heiner sich nur noch überlegen, wie er seiner Mutter erklären sollte, woher das sonderbare Kirschengeschenk stammte. Die *ganze* Geschichte sollte sie lieber nicht erfahren ...

Als Heiner heimkam, traf er im Stiegenhaus auf Vinzenz und Reinhold. Ahnungslos wandten sie sich nach ihm um, als er sie grüßte. Auf einmal reizte es ihn, die beiden zu fragen. „Habt ihr zufällig ein paar Kirschen für mich?“

„Hä?“ Die zwei rissen die Augen auf, als wären sie schon wieder beim Stehlen ertappt worden. Nach einer Schrecksekunde fragte Vinzenz verächtlich: „Wozu brauchst *du* Kirschen?“

Reinhold fügte spöttisch hinzu: „Trau dich lieber, mit uns einmal einen Kirschen*likör* zu kosten!“

„Nein, danke“, erwiderte Heiner lachend. Er wandte sich ab und eilte in die Wohnung. Die Tür war nicht versperrt, weil seine Mutter gerade heimgekommen war.

„Da!“, sagte Heiner laut. Er stellte den Eimer mit den Kirschen auf den Tisch und nahm den Deckel ab.

„Nanu! Wo hast du *die* her?“, staunte die Mutter.

„Frisch gestohlen“, scherzte Heiner. „Wenn du willst, darf ich noch ein paar für dich stibitzen gehen.“

„Wie bitte?“ Die Mutter runzelte verwirrt die Stirn. „Red keinen Unsinn! Sag, woher du die Kirschen hast!“

„Von einer alten Frau.“

„Aha. Von einer alten Frau. Die hat dir die Kirschen wohl geschenkt. Einen ganzen Eimer! Einfach so. Oder?“

„Einfach so *nicht*. Ich hab’ ihr bei der Ernte geholfen. Ein bisschen auf die Leiter hinaufkraxeln und so.“

„Ein bisschen kraxeln und so. Aha. Und wie kommst du zu dieser Ehre?“

„Na ja ...“ Heiner sah seiner Mutter nicht ins Gesicht. Jetzt hieß es schwindeln – zumindest bei den Zeitangaben. „Die alte Frau wollte eine schwere Steige auf einen Holzstapel stellen. Sie hat es ein paarmal versucht, aber nicht geschafft. Und weil ich zufällig beim Gartentor gestanden bin, hab’ ich gefragt, ob ich helfen soll. Sie war froh darüber.“

„Aha. Froh also. Und vor lauter Freude hat sie dich gleich zur Kirschenernte auf den Baum hinauf gejagt – oder wie?“

„So ähnlich.“ Heiner grinste und blickte seine Mutter wieder an. „Wir sind nicht fertig geworden. Ich soll diesen Eimer zurückbringen und ihr sagen, ob du noch mehr Kirschen brauchst.“

„Noch mehr? So? – Da müsste ich zuerst einmal kosten.“ Die Mutter grinste ebenfalls. „Darf ich?“

„Greif zu!“ Heiner schob ihr den Eimer ein Stück entgegen.

Die Mutter kostete und war begeistert. Dann erst fiel ihr ein, dass sie die Kirschen zuerst waschen sollte. Sofort eilte sie mit dem Eimer zur

Abwasch.

„Wie wär's mit einem Kirschkuchen als Nachtisch?", schlug Heiner vor.

„Geht nicht. Dauert viel zu lang", entgegnete die Mutter, während sie sich wieder eine Kirsche in den Mund steckte. Kauend sprach sie weiter: „Ich weiß etwas als Nachtisch."

„Was denn?"

„Frisch gewaschene Kirschen!" Die Mutter grinste schon wieder und spuckte den Kirschkern in die geöffnete Hand.

„Haha! Was glaubst du, wie viele Kirschen ich heute Vormittag schon gefuttert habe!", platzte Heiner lachend heraus.

„Frisch gewaschen?", fragte die Mutter.

„Nein, frisch gepflückt!", rief Heiner, und darauf lachten beide.

Heiner fühlte sich plötzlich so wohl wie schon lange nicht mehr; und da die Mutter die Kirschen nach dem Waschen in einer großen Schüssel verstaute, beschloss er, den leeren Eimer gleich nach dem Mittagessen zurückzubringen, wie er es Frau Anna versprochen hatte.

11

Genau wie bei Mutti ...

Frau Anna staunte, als Heiner schon kurz nach Mittag an ihrer Haustür klingelte. Den Eimer füllte sie gern ein zweites Mal bis zum Rand; und wenn es nach *ihr* gegangen wäre, hätte sie Heiner auch *drei* Eimer oder noch mehr mitgegeben. Nur eines wollte sie nicht: die Kirschenernte gleich fortsetzen. Draußen war es ihr jetzt am frühen Nachmittag zu heiß.

„Ach, weißt du, Heiner", sagte sie seufzend, „wenn man einmal so wie ich die siebzig erreicht hat, ist man eben kein Backfisch mehr, der sich unbekümmert in der Sonne aalen kann."

„Wieso siebzig?", fragte Heiner verwirrt.

„Tja!" Frau Anna lächelte. „Ich bin im April einundsiebzig geworden."

„Einund..." Heiner hielt verwundert inne. „Ich hätte Sie für viel jünger gehalten – mindestens um zehn Jahre jünger."

„Ach, hör auf, du brauchst mir nicht zu schmeicheln!" Frau Anna winkte lachend ab. Sie bot Heiner einen Stuhl an, setzte sich ihm gegenüber und schlug vor: „Wenn es dir recht ist, warten wir mit dem Kirschenpflücken noch ein Weilchen hier herinnen im Kühlen. Da können wir vor der Arbeit noch ein bisschen plaudern. Magst du?"

„Ja, gern." Heiner nickte. „Ich hab' Zeit. Ich hab' ja Ferien."

„Ich auch. Ich bin in Pension." Frau Anna lächelte. „Das ist ähnlich wie Ferien. Da kann man sich die Zeit selber einteilen."

„Na ja ..." Heiner blickte nachdenklich vor sich hin. „Meine Mutti will mir trotzdem allerlei ... vorschreiben."

„Wieso? Was will sie dir denn vorschreiben?"

Heiner zögerte. Sollte er wirklich noch mehr von sich verraten?

„Na ja ...", fing er wieder an, „ich müsste ... für zwei Wiederholungsprüfungen lernen ..."

„Au weia!", rutschte es Frau Anna heraus. „Na hoffentlich nicht Mathematik und Geometrie oder sonst so etwas Schwieriges!“

„Nein .. Geographie und Englisch“, gestand Heiner. „Geographie ist einfach nachzulernen, Englisch könnte heikel werden. Aber ... gestern hab’ ich schon ein ganzes Kapitel wiederholt, die ‚Lesson one‘.“

„Und das schon am Ferienbeginn – tüchtig“, meinte Frau Anna. „Dann solltest du lieber zu Hause lernen, anstatt deine Zeit für mich beim Kirschenpflücken zu verschwenden.“

„Ach was!“, rief Heiner schnell. „Ich bin sowieso lieber draußen im Freien.“ Um von der Schule abzulenken, fragte er: „Sagen Sie – was machen Sie mit den vielen Kirschen und dem vielen Obst aus Ihrem Garten?“

„Verarbeiten – zu Kompott, Marmelade. Im Keller habe ich genug Platz zum Lagern. Außerdem verkaufe ich immer einen Teil der Ernte. Ein paar Bekannte warten schon drauf –“ Frau Anna zögerte einen Augenblick, dann sprudelte sie heraus: „Mensch, Heiner, ich quassle großspurig vom Verkaufen und hätte fast vergessen, dass *du* die halbe Kirschenernte für mich eingebracht hast! Du musst mir sagen, wie viel ich dir dafür schulde.“

„Schulde ... wieso?“ Heiner schaute verblüfft drein.

„Das ist doch klar!“, entgegnete Frau Anna. „Wenn ich Kirschen verkaufe, die ich nicht selber gepflückt habe, gebührt das Geld dem, der für mich die Arbeit getan hat.“

„Wieso? Ich bin ja nicht Ihr Arbeiter“, erwiderte Heiner verwirrt. „Außerdem kann ich gar kein Geld verlangen. Ich habe beim Kirschenpflücken eine Menge Kirschen gekostet. Wenn ich *die* alle bezahlen müsste ...“

„Die Kostproben sind kostenlos!“, rief Frau Anna lachend. „Sag nur, wie viel du verlangst! Oder berate dich darüber zuerst mit deiner Mutti. Aber ich weiß etwas, was ich für *dich* tun könnte.“

„Was denn?“

„Bring deine Schulsachen für Geographie und Englisch mit, sobald du das nächste Mal kommst! Wenn du willst, prüfe ich dich den Lehrstoff ab.“

„Abprüfen?“ Heiner runzelte verwundert die Stirn. „Hm ... das wär’ nicht schlecht. Meine Mutti würde mich ja auch abprüfen. Aber sie hat wenig Zeit und ist immer so müde, wenn sie von ihrer Arbeit im Krankenhaus heimkommt. Sie ist dort Krankenschwester.“

„Na siehst du!“, rief Frau Anna eifrig. „Bring also beim nächsten Mal deine Schulsachen mit!“

„Für Geographie könnten wir’s ja versuchen“, meinte Heiner.

„Freilich!“, stimmte Frau Anna zu. „Geographie mag ich. Ich bin früher gern in fremde Länder gereist.“

„Aber Englisch – das wird wohl nicht gehen“, wandte Heiner zögernd ein.

„Aber ja!“, rief Frau Anna unternehmungslustig. „Da freu’ ich mich schon drauf! Englisch kann ich zumindest ein bisschen. Einmal bin ich während einer Reise sogar als Übersetzerin für den erkrankten Dolmetscher eingesprungen. Außerdem hat mir Birgit ihre Briefe aus Jux manchmal auf Englisch geschrieben.“

„Birgit? Wer ist denn das?“

„Birgit ...“ Frau Anna stockte, als hätte sie etwas verraten, worüber sie eigentlich schweigen wollte. Nachdenklich starrte sie ein paar Augenblicke vor sich hin, bevor sie leise antwortete: „Birgit ist meine Tochter. Sie lebt in Amerika.“

„Amerika?“ Heiner staunte. „Was macht sie in Amerika?“

„Sie arbeitet für eine Zeitung.“

„Jö!“, platzte Heiner heraus. „Da muss sie aber *gut* Englisch können!“

„Stimmt.“ Frau Anna schmunzelte. „Sie hat Englisch studiert; und Spanisch. In der kürzesten Studienzeit! Sie war schon als Schülerin ehrgeizig und fleißig wie keine andere. Nach dem Studienabschluss hat eine Freundin sie für drei Wochen nach Amerika mitgenommen.“

Frau Anna seufzte plötzlich.

„Ist etwas passiert?“, wagte Heiner zu fragen.

Frau Anna lächelte säuerlich und antwortete: „Birgit hat gesagt, sie hat sich verliebt: in das Land Amerika. Gleich nach der Rückkehr von der Reise hat sie von einem Arbeitsangebot erzählt: Auslandskorrespondentin für eine amerikanische Zeitung.“

„Auslandskorr... äh ... was is’n das?“

„Das hab’ ich damals *auch* gefragt.“ Frau Anna lachte. „Birgit sollte Zeitungsartikel über ihr Heimatland schreiben, von zu Hause aus. Das hat sie getan, zwei Jahre lang – so erfolgreich, dass man sie in Amerika haben wollte! Es hieß, man würde sie gern für ‚größere journalistische Aufgaben‘ einsetzen. Dazu musste sie allerdings nach Amerika übersiedeln. Und ...“ Frau Anna seufzte. „... sie hat sich wieder verliebt. Diesmal nicht in das Land, sondern in einen Amerikaner, Jerry Hogan. Ein halbes Jahr später haben sie geheiratet. Mein Mann Alois und ich hätten zur Hochzeit nach Amerika reisen sollen, aber ... der Loisl ist krank geworden.“

„Der Loisl?“

„Ja, so hab’ ich meinen Mann genannt.“ Frau Anna lächelte. Doch ihr Gesicht wurde gleich wieder ernst, als sie weitererzählte: „Drei Wochen nach der Hochzeit kamen Birgit und ihr Mann Jerry auf Besuch nach Europa. Jerry zeigte sich als netter, elegant gekleideter junger Herr. Aber ich hatte das Gefühl, dass er irgendwie nicht zu Birgit passte. Allein schon die Art, wie er Birgits Namen aussprach, gefiel mir nicht: ‚Bördschitt‘ oder gar nur ‚Bördschi‘. Auch dem Loisl hat das nicht gefallen. Er hat gesagt, der Jerry komme ihm überheblich vor; und nach der Abreise der beiden hat er gemeint, der Jerry habe Birgit wahrscheinlich nur deshalb geheiratet, weil sie von ihm ein Kind erwarte.“

Wieder seufzte Frau Anna.

„Der gute Loisl!“, erzählte sie weiter. „Er hat leider recht gehabt. Ein halbes Jahr später ist er wieder krank geworden und kurz darauf verstorben; und ein Jahr danach kommt der schlimme Brief aus Amerika: Jerry hat Birgit und ihr Kind im Stich gelassen und ist fortgezogen – mit einer anderen Frau.“

„Genau wie bei Mutti!“, rutschte es Heiner heraus.

Frau Anna blickte ihn erschrocken an. Verlegen murmelte sie: „Entschuldige – ich wollte dich nicht dran erinnern.“

„Halb so schlimm“, entgegnete Heiner hastig. „Bei mir ist das schon mehr als vier Jahre her ... da kann man nichts mehr ändern. Aber ... wie ist das mit Birgit weitergegangen?“

„Tja!“ Frau Anna seufzte neuerlich. „Sie hat sich tapfer gehalten – wohl so wie du und deine Mutti. Birgit konnte die Zeitungsartikel zu Hause in ihrer Wohnung schreiben und deshalb bei der kleinen Anna bleiben. – Ja, Anna! Sie hat ihr Töchterchen nach mir genannt. Manchmal hat sie auch ein Foto von der Kleinen mitgeschickt und mir vorgeschlagen, ich solle einen Computer anschaffen, damit wir einander statt der langsamen Postbriefe Fotos und die schnellen, modernen Computerbriefe senden können, die I... I...“

„E-mails“, half Heiner weiter.

„Ja, so heißen sie wohl, diese elektronischen Dinger." Frau Anna lachte. „Aber weißt du, ich schreibe viel lieber noch so, wie ich's in der Schule gelernt habe. Das ist einfach etwas Besonderes, wenn ich abends ungestört nachdenken kann und nur das Geräusch der Füllfeder höre, wie sie leise übers Papier gleitet. Mein Nachbar, Herr Schrenkswalder, hat sich vor ein paar Monaten einen Computer gekauft. Aber wenn er mir erzählt, wie das Ding „funktioniert" – oder wieder einmal *nicht* funktioniert –, dann denke ich: Für Birgit schreibe ich lieber mit meiner *eigenen* Handschrift. Zugegeben – ihre Computerbriefe haben auch etwas Reizvolles: Sie sehen aus, als kämen sie von einer Druckerei; und Birgit wählt fast immer eine neue Schriftart aus, um mich zu überraschen. Doch eine Handschrift ist etwas Persönliches – Birgit hat sonst ja gar nichts mehr von mir."

Abermals seufzte Frau Anna, und sie tat Heiner leid.

„Einmal", sprach sie weiter, „einmal hat Birgit gesagt, sie werde mich besuchen und mir einen Computer besorgen und mir beibringen, was man damit für wundersame Dinge anstellen kann. Aber sie hat es seither noch nie geschafft, in die Heimat zurückzukehren. Wie auch – mit einem kleinen Kind? Freilich, die kleine Anna ist größer geworden. Auf dem letzten Foto, das ich bekommen habe, war sie neun Jahre alt. Sie hat den Brief dazu selber geschrieben, obwohl sie in der Schule und mit allen ihren Freundinnen englisch sprechen muss. Magst du diesen Brief sehen?"

„Ja, bitte." Heiner nickte.

Frau Anna ging in ein Nebenzimmer und kramte in einem Kasten. Kurz darauf kam sie zurück und hielt Heiner den „Brief" hin.

Liebe Oma,

heartliche GrüBe aus America
&
von deiner Ankelin

Ann

„Warum schreibt sie nur ‚Ann'?", fragte Heiner.

„Weil das die englische Form von ‚Anna' ist." Frau Anna schmunzelte. „Das ‚B' im Wort ‚Grüße' kommt daher, dass es im Englischen kein ‚ß' gibt. Die Kleine hat es nicht ganz geschafft, den fremden Buchstaben zu schreiben. Auch die anderen Wörter haben ihr Schwierigkeiten bereitet – weil sie sozusagen eine halbe Amerikanerin ist. Schau, so hat sie als Zehnjährige ausgesehen."

Frau Anna hielt Heiner ein Foto hin: ein fröhlich lächelndes, rundliches Kindergesicht mit großen, braunen Augen, spitzem Näschen und dunklem Lockenhaar, das zu zwei Zöpfen geflochten war.

„Ist die lieb!", platzte Heiner heraus.

„Ja, sie ist lieb, die Kleine." Frau Anna nickte. „Es ist das letzte Foto, das ich von ihr bekommen habe. Inzwischen sind schon wieder sechs oder sieben Jahre vergangen. Schade, dass aus der geplanten Reise in die Heimat noch immer nichts geworden ist. Birgit hat's mir schon ein paarmal versprochen. Einmal hat sie sogar gesagt, sie wolle irgendwann für immer nach Europa zurückkehren; und dann würde sie sich um mich kümmern und auch um alle Arbeiten in Haus und Garten ... aber darauf werd' ich wohl noch lange warten müssen. In ihrem Beruf ist Birgit nämlich erfolgreich."

„Haben Sie keine andere Tochter mehr?", fragte Heiner.

„Nein", antwortete Frau Anna kopfschüttelnd. „Ich habe mit vierunddreißig Jahren geheiratet und bin erst spät Mutter geworden. Birgit ist ohne Geschwister geblieben."

„Und ... jetzt leben Sie also ganz allein?", fragte Heiner. „Ist das nicht schlimm?"

„Ach, Heiner!" Frau Anna seufzte und lächelte. „Im Haus wohne ich zwar allein. Aber ich habe nette Nachbarn, vor allem die Schrenkswalders. Wir kommen prächtig miteinander aus. Manchmal helfen sie mir, manchmal ist's umgekehrt. Langweilig ist mir nie, ich hab' immer allerlei zu tun. Weißt du, seit ich allein bin, sehe ich es als meine Lebensaufgabe, auf Haus und Garten zu achten – meinem guten Loisl zuliebe. Wir haben das Haus als junge Leute gemeinsam gebaut, und solange ich kann, will ich dafür sorgen, dass nichts verkommt. Ja, und vielleicht ... kehrt Birgit einmal aus Amerika zurück. Dann kann sie in ihrem Elternhaus wohnen. Und die kleine Anna auch."

„Die *Kleine* – die wird jetzt wohl nicht mehr so klein sein", meinte Heiner schmunzelnd.

„Ja, richtig!", rief Frau Anna aus. „Was bin ich doch für ein Dummkopf! Du hast völlig recht. Die *kleine* Anna ist jetzt wahrscheinlich schon größer als ich. Ein junges Fräulein. Und bald eine junge Dame! Ach, die Zeit ist ein Rennpferd!"

Frau Anna lachte. Sie klopfte sich auf die Oberschenkel, stand plötzlich auf und schlug vor: „Weißt du was – jetzt machen wir mit der Kirschenernte weiter, bevor wieder die Kirschendiebe von heute Vormittag aufkreuzen. Einverstanden?"

„Einverstanden!" Heiner sprang auf. Zwei Minuten später stand er bereits auf der Leiter. Das Kirschenpflücken glückte ihm so gut, als hätte er tagelang nichts anderes getan. Er freute sich schon auf das verblüffte Gesicht seiner Mutti, wenn er ihr am Abend den nächsten Eimer voll Kirschen auf den Tisch stellen konnte.

12

71 oder 17?

„Was? Gleich *zwei* Eimerchen von diesen köstlichen Kirschen?!“ Die Mutter traute ihren Augen nicht, als sie sah, was Heiner neuerlich von der „alten Frau“ mitgebracht hatte. „Das können wir nicht annehmen!“

„Doch, doch“, erwiderte Heiner schmunzelnd. „Ich soll dich sogar fragen, was für einen ‚Erntelohn‘ ich verlangen soll.“

„Erntelohn?“ Die Mutter schob verdutzt die Brauen hoch.

„Jawohl, Erntelohn.“ Heiner grinste. „Ich hab’ nämlich mehr als die Hälfte des Baums allein abgeerntet. Aber ich glaube, drei Eimer Kirschen als Arbeitslohn reichen schon. Die Frau Anna ist ja so nett, ich möchte ihr kein Geld abluchsen. Stell dir vor, sie ist schon einundsiebzig Jahre alt.“

„Einundsiebzig ... und da lässt sie einen wildfremden Burschen wie dich einfach in ihren Garten hinein?“ Die Mutter blickte Heiner prüfend an. Auf einmal grinste sie und sagte: „Einundsiebzig ist sie also, die Frau Anna? Und *so nett*? Könnte es nicht sein, dass du da absichtlich etwas verwechselst?“

„Wieso? Was denn?“

„Tja ...“ Die Mutter lächelte spitzbübisch. „Könnte es sein, dass diese nette Anna nicht einundsiebzig, sondern – umgekehrt – *siebzehn* Jahre alt ist?“

„Wie bitte?“

„Umgekehrt: Zuerst der Einser, dann der Siebener: sieb*zehn* Jahre, nicht einundsieb*zig*!“ Die Mutter machte ein listiges Gesicht. „Gib’s zu: Du hast eine Freundin gefunden. Die ist natürlich nicht einundsiebzig, sondern siebzehn Jahre alt – und damit eigentlich noch zu alt für dich. Stimmt’s?“

„Wieso ... äh – *einundsiebzig* ist sie“, entgegnete Heiner verwirrt. „Freilich ist sie viel älter als ich.“

„Stell sie mir einmal vor!“, verlangte die Mutter, noch immer schmunzelnd.

„Das geht nicht, sie hat eine Fußverletzung“, erwiderte Heiner.

„Wie sieht denn deine Anna aus?“, wollte die Mutter wissen. „Was hat sie für eine Haarfarbe?“

„Haar...“ Heiner hielt kurz inne, dann platzte er heraus: „Na welche wohl mit einundsiebzig? Grau natürlich!“

„Grau. Ah, wie hübsch für eine Siebzehnjährige!“, witzelte die Mutter.

„Ach wo! Du glaubst doch nicht wirklich, dass ich eine Siebzehnjährige ...“ Heiner stockte einen Augenblick, dann sprudelte er heraus: „Jetzt ärgert's mich, dass wir den ganzen Kirschbaum schon fertig abgeerntet haben! Sonst hätt' ich dich morgen mitgeschleppt, damit du gefälligst selber einen Gratiseimer Kirschen pflückst und die Frau Anna sehen kannst!“

„Aber, aber, warum so hitzig?“, fragte die Mutter.

„Von wegen ‚hitzig‘!“, rief Heiner. „Bring ihr morgen früh die zwei leeren Eimer *selber* zurück! Elwitschgergasse fünfunddreißig!“

„Ah, Elwitschgergasse! So, so.“ Die Mutter hörte mit ihrem Gegrinse nicht auf. „Das ist aber weit! Außerdem hab' ich morgen von der Früh weg Dienst, da kann ich nicht hingehen.“

„Ist sowieso besser“, knurrte Heiner. „Sonst glaubt sie, du wärst meine böse kleine Schwester, die mich dauernd hänselt.“

„Was? *Ich* mit fünfunddreißig deine kleine Schwester? Toll!“

„Na freilich!“ Jetzt grinste auch Heiner. „Für eine Einundsiebzigjährige ist eine Fünfunddreißigjährige ja fast noch wie ein kleines Kind.“

„Wäääh!“, begann die Mutter, das „kleine Kind“, zu heulen; und gleich darauf lachten die beiden so ausgelassen wie schon lange nicht mehr. Doch die Mutter glaubte die Sache mit der Einundsiebzigjährigen noch immer nicht ganz; und einen Tag später machte sie einen schweren Fehler: Als Vinzenz und Reinhold ihr begegneten und fragten, wo Heiner sei, antwortete sie lächelnd: „Keine Ahnung. Er wird wohl bei seiner Freundin sein.“

13

Ein Glücksfall

Am nächsten Morgen brachte Heiner die beiden leeren Eimer zurück.

„Und wo sind deine Schulsachen?“, fragte Frau Anna.

„Schulsachen?“ Heiner machte ein verdutztes Gesicht. „Ach so, ja ... die hab’ ich heut’ noch nicht mit.“

„Spielverderber“, erwiderte Frau Anna. „Ich habe mich schon auf Geographie gefreut. Und auf Englisch!“

„Gefreut?“

„Ja, freilich!“ Frau Anna nickte begeistert. „Da lern’ ich gleich selber mit! Das wär’ ein Spaß: Birgit überrascht mich mit einem Besuch – und ich spreche wie eine geborene Engländerin. Oder eine Amerikanerin. Da würde sie staunen! Und die kleine Anna auch.“

„Stimmt – die kleine Anna, die vielleicht schon größer ist als Sie“, meinte Heiner schmunzelnd.

„Ach ja, richtig!“ Frau Anna lachte. „Also wie machen wir’s jetzt: Darf ich dir Nachhilfe geben, oder willst du für die Kirschenernte lieber Geld haben? Oder beides?“

„Nein, nein!“, lehnte Heiner ab. „Aber ich muss zuerst etwas lernen, was Sie abprüfen können.“

„Und wie war das mit der ‚Lesson one‘ für Englisch? Die hast du angeblich schon wiederholt. Oder hab’ ich das falsch verstanden?“

„Jö!“, staunte Heiner. „Sie haben ein gutes Gedächtnis.“

„Ja, ja, warum auch nicht?“ Frau Anna lächelte schlau. „Als Schülerin war ich bestimmt nicht viel schlechter als meine Birgit. Also: Wann fangen wir an?“

„Hm ...“ Heiner überlegte. „Ich müsste zuerst ein bisschen wiederholen. Darf ich Sie anrufen?“

„Freilich!“

„Welche Handynummer haben Sie?“

„Handy hab’ ich keins.“

„Wie bitte?“

„Ich brauch’ kein Handy. Mein altes Festnetztelefon tut’s auch. Komm mit ins Haus! Ich schreibe dir die Nummer auf.“

Heiner wunderte sich. Wortlos folgte er seiner „Freundin“.

„Haben Sie denn keine Angst – ganz allein im Haus, ohne Handy?“, fragte er, während Frau Anna ihre Telefonnummer auf einen Zettel kritzelte. „Es könnte Ihnen ja draußen im Garten etwas passieren, sodass Sie’s nicht mehr ins Haus herein bis zum Telefon schaffen. Da wär’ ein Handy viel sicherer.“

„Meinst du wirklich?“ Frau Anna blickte Heiner lächelnd an. „Soll ich denn dauernd so einen Apparat eingesteckt haben? Was dann, wenn ich vom Kirschbaum falle und das Ding dabei zerbricht? Oder wenn ich plötzlich ohnmächtig umkippe – ruft das Handy von ganz allein die Rettung an?“

„Äh ... nein“, musste Heiner zugeben.

„Siehst du!“, erwiderte Frau Anna. „Warum soll ich ständig so ein Ding mit mir herumschleppen, das mir nur bei der Arbeit im Weg ist? Wenn mich jemand anruft und ich grad nicht im Haus bin, kann er etwas auf den Anrufbeantworter sprechen.“

„Ja, aber ... es könnte Ihnen einmal etwas passieren“, fing Heiner wieder an. „Was dann?“

Frau Anna seufzte und entgegnete: „Weißt du, Heiner, ich denke so: Wenn mich der Herrgott aus dieser Welt holen will, hilft kein Handy und auch sonst nichts; wenn er aber will, dass ich weiterlebe, findet er tausend andere Wege, um mich überleben zu lassen.“

„Aber ... glauben Sie das wirklich?“, fragte Heiner verblüfft.

„Warum nicht?“ Frau Anna lächelte. „Ich glaube lieber an den Herrgott als an eine Werbung, die uns Dinge einreden will, die schon nach kurzer Zeit nichts mehr taugen. Außerdem bekomme ich nur eine kleine Rente. Da will ich nicht mitmachen bei dem Gerenne um neue Erfindungen. Kannst du das verstehen?“

„Äh ... ja“, antwortete Heiner. „Meine Mutti sagt ja auch dauernd, sie muss sparen. Deswegen ...“ Er räusperte sich verlegen. „... deswegen kauft sie mir kein neues Handy, weil ich das alte aus Versehen zertrümmert habe. Es ist mir aus der Hand gerutscht und über die Steinstufen im Treppenhaus nach unten gepoltert.“

„Hauptsache, *du* lebst noch. Auch *ohne* Handy“, meinte Frau Anna.

„Ja.“ Heiner grinste. „Jetzt hab’ ich wenigstens meine Ruh’ vor ein paar spinnerten Mitschülern. Die haben mich mit ihren Anrufen oft nur geärgert. Außerdem kriege ich wegen der Wiederholungsprüfungen bis zum Schulanfang kein Taschengeld. Da könnte ich mir das viele Telefonieren gar nicht leisten.“

„Siehst du!“ Frau Anna lächelte. „Und trotzdem verzichtest du auf Geld für die Kirschenernte bei mir?“

Heiner lächelte ebenfalls und erwiderte: „Das wär’ doch hirnrissig, wenn ich mich auf eine hohe Leiter hinauf wage – nur um hinterher den Lohn nutzlos zu vertelefonieren. Da sind mir Kirschen zum Schnabulieren zehnmal lieber.“

„Ah! Ich seh’ schon!“, rief Frau Anna lachend. „Ich werde die zwei Eimer gleich wieder nachfüllen. Und sobald du bereit bist, dich abprüfen zu lassen, meldest du dich. Alles klar?“

„Alles klar.“ Heiner grinste. Er konnte gar nicht widersprechen; und als er ein paar Minuten später nach Hause schlenderte, wusste er: Es blieb ihm nichts anderes übrig: Er *musste* den Lehrstoff wiederholen; er *musste* sich wieder bei Frau Anna melden; und zwar möglichst bald. Trotzdem: Frau Anna war für Heiner ein Glücksfall! Die Mutti hatte viel zu wenig Zeit zum Abprüfen.

Und der Vati?

Einige Jahre war es schon wieder her, dass Heiner ihn zum letzten Mal mit „Vati“ angesprochen hatte. Hätte der Vati sich zum Abprüfen Zeit genommen, wenn er noch da wäre?

Er hatte die Mutti und Heiner rücksichtslos im Stich gelassen – genau so, wie es der Amerikaner Jerry Hogan mit Frau Annas Tochter Birgit getan hatte! Die war gerade erst Mutter geworden – und der Kerl hatte sie einfach sitzenlassen. Sie und die kleine Anna! Die „Kleine“ tat Heiner leid, obwohl er wusste, dass sie längst nicht mehr „klein“ war. Würde sie ihre Großmutter jemals kennenlernen? Diese liebenswürdige alte Frau, die Heiner schon wieder zwei Eimer Kirschen mitgegeben hatte? Sie war für ihn ein Glücksfall. Von dieser Überzeugung hätte ihn jetzt niemand abbringen können.

14

Nachhilfe-Freundin

Lust zum Lernen hatte Heiner nicht; aber irgendwann *musste* er damit anfangen; und wenn es nach Frau Anna ging, so bald wie möglich. Die *freute* sich schon aufs Abprüfen! Da konnte er sie nicht enttäuschen.

Das Wetter schien auf Frau Annas Seite zu stehen. Nach dem Mittagessen setzte Regen ein, sodass Heiner gegen „einsame Langeweile in der Wohnung“, wie er das nannte, nichts Besseres wusste, als mit dem Lernen zu beginnen. Frau Annas Tochter Birgit war eine Musterschülerin gewesen, da wollte Heiner nicht als das glatte Gegenteil auftreten: eine faule Null.

Immer wieder überlegte er, was Frau Anna jedes Mal sagen würde, wenn sie eine von seinen Wissenslücken aufdeckte. Hieß beispielsweise die Hauptstadt der Vereinigten Staaten von Amerika, Birgits neuer Heimat, New York oder Washington? Hieß nicht auch ein Bundesstaat ganz im Nordwesten des Landes Washington? Genauso wie einer der berühmtesten Präsidenten Amerikas? Wie sollte man sich das alles merken, ohne es durcheinanderzubringen?

Vielleicht so: Ein amerikanischer Präsident hieß Washington. Er regierte in der Hauptstadt Washington im Osten des Landes und kannte auch den Bundesstaat Washington, weit im Westen ...

Heiner seufzte und beschloss, statt Geographie zuerst die „Lesson two“, das zweite Lehrstück im Englischbuch, zu wiederholen. Er fing mit den Vokabeln an. Die hatte er am Beginn des vergangenen Schuljahrs noch einigermaßen sorgfältig mitgelernt. Erst später war er nachlässig geworden – allzu nachlässig! Jetzt musste er sich während der Ferien mit dem Versäumten herumschlagen!

Er staunte, wie lange er an diesem Nachmittag durchhielt! Am Abend konnte er Frau Anna tatsächlich schon wegen des ersten „Nachhilfe-Termins“ anrufen. Dazu musste er die Mutter bitten, dass sie ihm ihr Handy lieh. Festnetztelefon hatten sie in der Wohnung keines.

„Ach, die Verabredung mit deiner neuen Freundin!“, spöttelte die Mutter. „Darf ich mithören?“

„Meinetwegen!“, brummte Heiner. „Vielleicht hörst du dann gleich, dass Frau Anna keine Siebzehnjährige ist.“

Die Mutter horchte also.

Das Gespräch dauerte nicht einmal eine Minute. Heiner sollte gleich am nächsten Vormittag um neun Uhr kommen – *mit* seinen Schulsachen. Als er der Mutter das Handy zurückgab, meinte sie schmunzelnd: „Ganz so jung wie die Stimme einer Siebzehnjährigen hat das jetzt wirklich nicht geklungen.“

„Na also!“, rief Heiner.

Die Mutter grinste und entgegnete: „Sie muss wohl schon älter sein, deine neue Freundin, nicht bloß siebzehn Jahre. Sagen wir siebenund*zwanzig*.“

„Pah, das ist doch lächerlich!“, platzte Heiner heraus.

„Freilich, drum lach’ ich ja die ganze Zeit“, erwiderte die Mutter.

„Lachmaschine“, knurrte Heiner, dann musste er selber lachen.

Das Lachen verging ihm, als er am nächsten Morgen zu Frau Anna gehen wollte und im Stiegenhaus Vinzenz und Reinhold über den Weg lief.

„Wohin so früh, Heinerle?“, erkundigte sich Vinzenz spöttisch. „Etwa gar zu deiner Freundin?“

„Blödsinn!“

„Nix Blödsinn. Deine Mutter hat etwas von einer Freundin angedeutet.“

„Was?“ Heiner runzelte ärgerlich die Stirn. „Der werd’ ich *auch* etwas andeuten.“

„Deiner Freundin oder deiner Mutter?“, stichelte Vinzenz.

„Na wem wohl – meiner Mutter, falls sie wirklich so einen Schwachsinn herumerzählt hat!“, fauchte Heiner.

„Eine Mutter wird doch keinen Schwachsinn über ihren eigenen Sohn herumerzählen“, entgegnete Vinzenz. „Wie heißt denn deine Angebetete?“

„Wie wohl?“, gab Heiner angriffslustig zurück. „Eulalia. Eulalia von Eulalienfeld. Sie ist eine Adelige und steinreich. Wiederschau’n, meine Herren!“

Er wandte sich ab und eilte mit seiner Schultasche über die Stufen nach unten.

„Sieht so aus, als ginge er zu einer Mitschülerin lernen“, meinte Reinhold. „Diese Nachhilfe-Freundin würd’ ich gern einmal sehen.“

„Die angebliche Eulalia, ja, ja!“ Vinzenz lachte, dann schlug er vor: „Wie wär’s – folgen wir ihm unauffällig?“

„Gute Idee“, meinte Reinhold. Er klopfte seinem Freund auf die Schulter und zog ihn mit sich.

Als sie den Wohnblock verließen und auf die Straße traten, sahen sie, dass Heiner schon einen großen Vorsprung hatte. Ohne zurückzublicken, eilte er mit seiner Schultasche bis zur nächsten Kreuzung. Erst dort bemerkte er, indem er kurz nach links und rechts schaute, dass die zwei Nachbarsburschen ihm folgten. Er winkte ihnen zu, überquerte rasch die Straße und huschte in eine Nebengasse.

„Hinterher!“, rief Vinzenz seinem Freund zu.

Die beiden fingen zu rennen an. Doch kaum hatten sie die Nebengasse erreicht, stellte Reinhold fest: „Der Kerl ist getürmt.“

„Nicht zu fassen!“ Vinzenz wischte sich keuchend den Schweiß von der Stirn.

„Sollen wir weiterrennen?“, fragte Reinhold.

„Zwecklos“, meinte Vinzenz. „Der wird uns jedes Mal davonlaufen. Er kennt uns ja. Oder willst du dich irgendwie tarnen?“

„Wozu?“ Reinhold winkte ab.

„Ich hätt’ gern gewusst, wer seine Freundin ist“, entgegnete Vinzenz. „Uns gegenüber hat er immer so getan, als würde er keine anschauen.“

„Stimmt“, bestätigte Reinhold. „Es ist wirklich sonderbar, dass er auf einmal ...“

„He, ihr zwei!“, unterbrach eine helle Stimme das Gespräch der Burschen. Sie drehten sich um und entdeckten ein großgewachsenes Mädchen, dessen pechschwarze Haare weit über die Schultern hingen und über der Stirn zu Fransen abgeschnitten waren. Die kurze, weiße Sommerhose ließ die dünnen Beine des Mädchens noch länger aussehen.

„Else“, flüsterte Vinzenz seinem Freund zu. „Die muss uns helfen. Ich hab’ schon wieder eine Idee.“

Else kam näher, und als sie vor den Burschen stand, stemmte sie die Arme in die Hüften und fragte spöttisch: „Was steht ihr da und gafft?“

„Servus, Else! Du musst uns einen Gefallen tun“, erwiderte Vinzenz.

„Ich *muss*?“ Das Mädchen hob wie eine vornehme Dame das Kinn.

„*Müssen* tu' ich gar nichts, meine Herren!"

„Ach!", erwiderte Vinzenz. „Du wärst doch gern eine Schauspielerin, stimmt's? Also darfst du eine Spionin spielen."

„Wie schön, eine echte Spionin!", flötete Else. „Und ihr zwei seid wohl James Bond in Zwillingsausführung."

„Haha, warum nicht?", platzte Vinzenz heraus. „Also hör zu: Du erinnerst dich doch an Heinerle, dem wir vor ein paar Tagen zu dritt im Stadtpark begegnet sind."

„Ah, der dunkelhaarige Knabe, von dem Reinhold gesagt hat, der Kleine renne vor jeder Langhaarigen davon!"

„Richtig. Du könntest für uns etwas ausspionieren."

„Sprich, mein Freund! Die Spionin hört." Else grinste und blickte die Burschen unternehmungslustig an.

Heiner, der inzwischen schon längst wieder in eine andere Gasse abgebogen war, ahnte nicht, dass sich etwas gegen ihn zusammenbraute. Nachdem er sich beim Laufen mehrmals umgesehen hatte, war er davon überzeugt, die Verfolger abgeschüttelt zu haben. Erleichtert atmete er auf, als er die Elwitschgergasse erreichte und kurz darauf das Haus mit der Nummer fünfunddreißig.

Frau Anna wartete schon. Erfreut rief sie, als sie die Schultasche in Heiners Hand erblickte: „Ah, mein Nachhilfestudent ist da! Willkommen in meiner Schule!"

„So begeistert bin ich noch nie in einer Schule empfangen worden", sagte Heiner schmunzelnd.

„Na und?", entgegnete Frau Anna. „Bei mir bist du in keiner gewöhnlichen Schule. Du darfst zum Beispiel selber bestimmen, womit wir anfangen: mit Englisch oder mit Geographie?"

„Mit Englisch, bitte!", rief Heiner schnell. „Die Vokabeln für die ersten beiden Stücke müsste ich schon können."

„Let us see. Come on", erwiderte Frau Anna zu seiner Verblüffung.

„Ui!", staunte Heiner. „Sie haben eine gute Aussprache – wie unsere Englischlehrerin."

„Yes, my dear." Frau Anna schmunzelte. Sie führte Heiner ins Haus, setzte sich mit ihm an den Küchentisch und ließ sich das Vokabelheft zeigen.

„Schöne Schrift hab' ich leider keine", murmelte Heiner verlegen.

„Hauptsache, sie ist leserlich", meinte Frau Anna. „Darf ich mit Bleistift ganz fein etwas im Heft notieren, während ich dich abprüfe?"

„Hm ... bitte." Heiner zog aus seiner Federschachtel einen Bleistift heraus und gab ihn Frau Anna.

„Thank you", sagte sie, und schon ging's los: Sie teilte die Vokabeln in kleinere Gruppen auf, dann fragte sie Heiner die Vokabeln der ersten Gruppe ab – vom Englischen ins Deutsche, anschließend umgekehrt. Danach kam die nächste Gruppe dran; und fast jedes Mal schrieb Frau Anna mit dem Bleistift etwas ins Heft, bis Heiner sämtliche Vokabeln von „Lesson one" und „Lesson two" beherrschte. Das dauerte nicht einmal zehn Minuten. Heiner war so aufmerksam wie sonst in der Schule nur selten. Er wollte sich gegenüber einer alten Frau, deren Tochter ein

Sprachtalent war, nicht als Versager erweisen.

„Very well“, lobte ihn Frau Anna zuletzt auf Englisch. „Und jetzt spielen wir Rollentausch. Hast du einen Radiergummi?“

„Hier, bitte!“ Heiner nahm aus seiner Federschachtel einen dicken Radiergummi heraus und legte ihn vor Frau Anna auf den Tisch. „Was meinen Sie mit ‚Rollentausch‘?“

„Jetzt kommst *du* dran als Prüfer“, antwortete Frau Anna, während sie anfing, ihre Notizen im Vokabelheft auszuradieren.

„Äh – wie? *Ich* soll *Sie* prüfen?“, fragte Heiner verdutzt.

„Ja, bitte“, entgegnete Frau Anna. „Ich will ja *auch* etwas lernen. Schau her!“ Sie zog hinter jeder Vokabel der beiden ersten Lehrstücke einen dünnen, kurzen Strich. Dann übergab sie Heiner den Bleistift und erklärte: „Hinter jedem Wort steht jetzt ein Minus. Sobald ich ein Wort, das du mich abfragst, richtig übersetze, machst du aus dem Minus ein Plus. Wenn ich ein Wort zum zweiten Mal richtig übersetzen kann, machst du aus dem Plus ein doppeltes Plus – eines mit *zwei* senkrechten Strichen. Zuletzt muss hinter jedem Wort ein doppeltes Plus stehen.“

„Ein Doppelplus also“, meinte Heiner. „Das hört sich aber umständlich an.“

„Probieren wir's aus!“, ermunterte ihn Frau Anna. „Du wirst sehen: umständlich, aber wirkungsvoll.“

Heiner begann also, die alte Frau Vokabeln abzuprüfen! Bald wunderte er sich über ihr gutes Gedächtnis; und nach etwa fünf Minuten rief er verblüfft: „Lauter Doppelplus! Fertig! Jö, Sie sind ja zehnmal schneller als ich!“

„Nein, nein“, erwiderte Frau Anna lachend. „Ich hab' ja vorhin, als ich dich abgefragt habe, auch schon mitgelernt. Das ist genau so, wie wenn du in der Schule scharf mitdenkst, während jemand geprüft wird.“

„Kaum zu glauben“, staunte Heiner. „Sie sind eine erstklassige Nachhilfelehrerin. Waren Sie vor Ihrer Pensionierung eine richtige Lehrerin?“

„Nein, nie.“ Frau Anna schüttelte den Kopf. „Du musst lernen *wollen*, das ist die Hauptsache. Wenn jemand gar nicht lernen *will*, hilft kein Wunderlehrer.“

„Hm ... stimmt. Wie wär's – hängen wir gleich die Vokabeln fürs *dritte* Lehrstück an?“ Der Ehrgeiz hatte Heiner gepackt – und Frau Anna ebenso. Sie wollte *zuerst* geprüft werden. Heiner sollte sie abfragen und „Plus“ oder „Doppelplus“ vermerken. Er tat es begeistert.

Diesmal dauerte es länger, bis Frau Anna es schaffte, zu jedem Minus ein Plus und dazu anschließend ein Doppelplus zu ergattern. Aber es gelang ihr nach zehn Minuten. Dann tauschten sie die Rollen. Frau Anna murmelte mit, was sie hinter den abgefragten Wörtern notierte, und bald klang das – zu Heiners Freude – ungefähr so: „Plus ... Plus ... Doppelplus ... Plus ... Plus ... Doppelplus ... Doppelplus ...“

„Juchhu!“, jubelte Heiner, als er auch die Vokabeln des dritten Lehrstücks beherrschte. „Das geht ja wie mit einer Lernmaschine!“

„Kein Wunder, wenn *du selber* diese Lernmaschine spielen *willst*“, meinte Frau Anna lächelnd. „Aber jetzt braucht mein Gehirn eine kleine Pause – und deines wohl auch. Ich hole für uns beide eine Flasche selbstgemachten Apfelsaft aus dem Keller. Magst du?“

„Ja, gern! Danke!“, rief Heiner fröhlich.

Frau Anna stand auf und ging langsam, noch immer ein wenig hinkend, zur Tür. Heiner schaute hinterher und dachte plötzlich: „Schade, dass sie wirklich nicht siebzehn ist!“

15

Herrliche Aussichten

„In den ersten Ferienwochen wollte ich die Schulsachen nicht anrühren“, überlegte Heiner auf dem Heimweg. „Und jetzt – kann ich schon die Englischvokabeln bis zum dritten Lehrstück! Wenn das so weitergeht, bin ich in zwei Wochen fertig. Herrliche Aussichten!“

Gut gelaunt sperrte er die Wohnungstür auf und durchstöberte den Kühlschrank. Die Mutter brachte diesmal ihre verkürzte Mittagspause im Krankenhaus zu, darum musste Heiner selber für sein Essen sorgen. Er verspürte aber keine Lust auf Kochexperimente. Draußen im Freien war es heiß, also begnügte er sich mit etwas Kaltem: einer großen Schüssel Pfirsichkompott, gemischt mit Marillen. Danach zog er in seinem Zimmer die dunklen Vorhänge zu, legte sich gemütlich aufs Bett – und wunderte sich, dass es schon drei Uhr vorbei war, als er auf den Wecker schaute.

„Eingeschlafen, Murmeltier“, brummte er. Doch er blieb eine Weile liegen.

Ferien! Wie schön – trotz der Wiederholungsprüfungen!

Heiner verschränkte die Hände hinterm Kopf und begann nachzudenken. Hatte er tatsächlich schon die Vokabeln für die ersten drei Englisch-Stücke gelernt? – Ja, das war kein Traum gewesen ...

Die gute Frau Anna! Heiner musste sich bei ihr für die Nachhilfe bedanken. Na ja ... bei der Kirschenernte für sie war er aber auch nicht faul gewesen. *Beide* hatten bisher Spaß gehabt: Frau Anna mit ihrer Plus-Doppelplus-Lernweise und Heiner beim Kirschenpflücken samt den Kostproben und dem Jux mit Kirschendieben. Ha! Vinzenz und Reinhold, diese Obergauner! Wie Frau Anna sie abgefertigt hatte, das war ein Meisterstreich gewesen. Den hätte die Mutti miterleben sollen ...

Ja, die Mutti! Die würde wohl gar nicht glauben, dass Heiner schon *drei* Lehrstücke wiederholt hatte. Sollte er sie am Abend bitten, Vokabeln abzufragen? – Bitte, Mutti, nur ganz kurz! Nur fünf Minuten! – Was für ein Jux! Sie würde ihn ungläubig angaffen, wenn sie merkte, dass er schon so viel nachgelernt hatte: *drei* „Lessons"!

Warum nicht gleich *vier*?

Heiner starrte zur Zimmerdecke. Plötzlich richtete er sich auf und sprang aus dem Bett. *Den Jux* wollte er sich nicht entgehen lassen!

Kurz darauf stand in seinem Vokabelheft hinter jeder Vokabel des vierten Lehrstücks ein kleiner, waagrechter Strich: ein Minus. Heiner fing zu lernen an, machte aus jedem Minus zuerst ein Plus und danach ein Doppelplus – obwohl es allein nicht so gut klappte wie zu zweit mit Frau Anna.

„Ha! Das war der vierte Streich!", frohlockte Heiner, als hinter den Vokabeln der „Lesson four" nur noch Doppelplusse standen. Zufrieden schlenderte er zum Kühlschrank und gönnte sich ein Eis am Stiel. Schade, dass er noch so lange warten musste, bis die Mutter heimkam ...

„Draufgabe: Lesson five!", huschte es ihm durch den Kopf. Wenige Augenblicke später geschah das Verblüffende: Heiner lernte die nächsten Vokabeln – immer wieder in kleinen Gruppen, wie es ihm Frau Anna geraten hatte. Dabei schien die Zeit wie im Flug zu vergehen.

Die Mutter kam gegen sieben Uhr heim. Heiner wartete, bis sie sich geduscht und umgezogen hatte, dann sprach er sie an: „Mutti, ich hab' einen Lernplan. Aber den müsste ich erst ausprobieren. Kannst du mich schnell ein paar Vokabeln abprüfen?"

„*Jetzt?*" Die Mutter schaute nicht gerade begeistert drein. „Gleich fangen die Fernsehnachrichten an! Ich will wissen, wie morgen das Wetter wird. Am Wochenende hab' ich diesmal frei; und bei Wanderwetter will ich aufs Hochegg."

„Ja, ja", entgegnete Heiner. „Aber ein paar Vokabeln gehen sich vor den Nachrichten spielend aus. Da hast du das Vokabelheft!"

Heiner schob seine Mutter zu einem Stuhl und drückte ihr das Heft in die Hand. Dann setzte er sich ihr gegenüber auf einen zweiten Stuhl und rief: „Kannst schon anfangen! Lesson one! Vom Deutschen ins Englische – oder umgekehrt. Einfach so, wie es dir gefällt. Geht schon los!"

Die Mutter ließ sich überrumpeln. Sie seufzte, schlug das Heft auf und fing an, die Vokabeln des ersten Lehrstücks abzufragen. Noch waren nicht alle dran gewesen, da schüttelte sie den Kopf und staunte: „Du kannst ja *eh* schon alles."

„Weiter!", drängte Heiner.

Die Mutter fragte also weiter. Nur ein einziges Mal verwechselte Heiner eine Kleinigkeit.

„Das erste Lehrstück kannst du", stellte die Mutter fest.

„Weiter mit dem zweiten!", verlangte Heiner.

Wieder klappte es gut bis auf ein Wort, das Heiner zuerst nicht einfallen wollte.

„Weiter, Lesson three!", rief er nach nicht einmal zwei Minuten, und nach einer weiteren Minute forderte er trocken: „Lesson four, wenn's geht!"

Die Mutter vergaß vor Staunen auf die Nachrichten und fing erst jetzt an, abwechselnd nach englischen und deutschen Wörtern zu fragen.

„Jetzt reicht's aber", meinte sie verwundert, nachdem Heiner nur richtige Antworten gegeben hatte.

„Die letzte Runde noch, bitte! Lesson five!", rief Heiner.

„Noch eine?" Die Mutter zog verblüfft die Brauen hoch. „Was hast du heute Nachmittag bloß ..."

„Bitte, Mutti!“, unterbrach Heiner.

Die Mutti schüttelte wieder den Kopf und fragte weiter. Zuletzt wollte sie nur noch wissen: „Hast du das alles mit deiner Freundin gelernt?“

„Stell den Fernseher ein!“, erwiderte Heiner grinsend. „In einer Minute fangen die Wetternachrichten an. Du willst doch aufs Hochegg. Oder?“

Die Mutter stand auf, um den Fernseher einzuschalten, und murmelte staunend: „Das gibt’s doch gar nicht.“

Sie meinte Heiners Lernleistung. Er schmunzelte und erwiderte: „Ja, das gibt’s doch gar nicht, dass du aufs Hochegg willst.“

„Sei still, Frechdachs!“, rief die Mutter lachend. Leise fügte sie hinzu: „Streber.“ Dabei zwinkerte sie – und das bedeutete für Heiner ein großes Lob.

Wenige Augenblicke später flimmerte es auf dem Fernsehbildschirm, dann verkündete eine hübsche, blondhaarige Dame „herrliche Aussichten“ für Wanderwetter am Wochenende.

16

Hereingelegt

Am nächsten Morgen, einem Samstag, erwachte Heiner kurz vor halb sechs Uhr, weil seine Mutter schon so früh durch die Wohnung „geisterte", wie er zu sagen pflegte. Plötzlich „geisterte" sie ins Zimmer herein.

„Ah, du bist ja wach", stellte sie fest. „Willst du mitkommen aufs Hochegg?"

„Hoch...egg?", brachte Heiner mit Mühe heraus, während er sich aufrichtete und auf die Ellbogen stützte.

„Jawohl, aufs Hochegg", bestätigte die Mutter gut gelaunt. „Der Himmel ist wolkenlos! Bei der Rückkehr gibt's eine herrliche Brettljause beim Fischbachwirt. Gehst du mit?"

„Hm ... na ja ...", murmelte Heiner gähnend. In Gedanken fügte er hinzu: „Dann muss ich wenigstens nicht Vokabeln lernen."

Er rappelte sich also auf und trottete verschlafen ins Bad. Dass sein Vokabelheft am Vorabend auf dem Wohnzimmertisch liegen geblieben war, hatte er vergessen; dass die Mutter es heimlich in ihren Rucksack steckte, merkte er nicht. Sie wirkte unruhig, blickte immer wieder auf die Küchenuhr und sagte zwei Minuten nach sechs: „Wir sollten schon unterwegs zur Haltestelle sein. Ein Stück müssen wir nämlich mit dem Omnibus fahren."

„Könnten wir nicht gleich bis zum Gipfelkreuz hinauf *fahren*?", fragte Heiner grinsend.

„Nein." Die Mutter grinste ebenfalls. „Bis zum Gipfelkreuz führt nur ein holpriger Weg. Da müssten alle Fahrgäste aussteigen und den Bus *tragen*."

„Warum nicht – wenn *wir zwei* drin sitzen bleiben dürfen?", schlug Heiner kichernd vor.

„Ja, ja, das würde dir so passen", entgegnete die Mutter. „Beeil dich lieber, sonst müssen wir die Busstrecke zu Fuß gehen."

Die Fahrt dauerte fast eine Viertelstunde. Bei einer Haltestelle unterhalb des Bergwaldes stiegen Heiner und seine Mutter aus. Der Wanderweg begann neben der Haltestelle und wäre für einen Omnibus tatsächlich zu schmal gewesen.

„Du gehst aber gar nicht langsam", meinte Heiner nach fünf Minuten. „Du hast eine Mordskondition."

„Warum auch nicht?" Die Mutter lächelte. „Kein Nikotin, kein Alkohol, kein Auto, immer in Bewegung ... du ahnst nicht, wie oft ich im Krankenhaus hin und her rennen muss. Davon krieg' ich eben Kondition. Außerdem mache ich morgens regelmäßig meine Gymnastikübungen."

Nach zehn Minuten fing Heiner zu keuchen an, weil der Weg steiler wurde.

„Sag einmal ...", fragte die Mutter zögernd, als sie eine Bank entdeckte, „... hast du mich gestern nur hereinlegen wollen, als ich dich die Vokabeln abprüfen sollte? Du hast doch schon gewusst, dass du alle kannst."

„Ja freilich. Es war ein Jux." Heiner grinste.

„Pass auf!" Die Mutter schmunzelte und drohte mit dem Zeigefinger. „Wer zuletzt lacht ..."

Heiner hörte nicht hin. Soeben hatte er die Bank erspäht.

„Juchhu! Kleine Rastpause!", jubelte er, und schon rannte er voraus und ließ sich auf die Bank fallen.

Die Mutter kam gemächlich nach, blieb vor ihm stehen und fragte listig: „Willst du hier wirklich ...?"

„Sowieso! Setz dich her da!" Heiner klopfte auf den freien Platz neben sich.

„Also schön." Mit einem sonderbaren Lächeln nahm sich die Mutter den Rucksack ab, ließ sich neben Heiner nieder und begann, im Rucksack zu kramen. „Fangen wir also an!"

„Mit der Jause? Jetzt schon?" Heiner runzelte verwundert die Stirn.

„Nein. *Da*mit!" Grinsend zog die Mutter das Vokabelheft aus dem Rucksack heraus.

„Hä?" Verblüfft starrte Heiner auf das Heft. „Was soll das?"

„Nur ein kleiner Jux – so wie gestern am Abend", entgegnete die Mutter. „Sinnlos im Wald herumzulungern, das bringt nichts. Ich tät' sagen: Machen wir weiter mit dem nächsten Lehrstück! Nummer sechs kommt dran, glaube ich."

„Wie bitte?"

„Nummer sechs. Oder wenn's dir auf Englisch lieber ist: *number six*." Schmunzelnd fing die Mutter im Vokabelheft zu blättern an.

„Das geht nicht!", wandte Heiner ein. „Wenn ich Vokabeln lernen muss, brauche ich einen Bleistift – für Plus und Doppelplus."

„Au weia, das hätt' ich vergessen – fast!" Die Mutter schmunzelte noch immer und holte aus dem Rucksack – einen Bleistift hervor! Sie hielt ihn hoch und rief: „Da is' er! *A nice pencil!* Let's go!"

„Ja, let's go! Geh'n wir weiter!", platzte Heiner heraus, während er mit einem Ruck aufstand. Doch die Mutter fasste ihn am Arm und zog ihn zurück auf die Bank. Sie ließ sich kurz erklären, was mit „Plus" und „Doppelplus" gemeint war, dann ging's mit dem Vokabellernen los – in derselben Art wie am Vortag mit Frau Anna.

„Sehr schön!", lobte die Mutter, als Heiner nach einigen Minuten die Vokabeln der „Lesson six" beherrschte. „Jetzt können wir weiterwandern."

„Nix da!", widersprach Heiner. „Wenn wir's so machen wie mit Frau Anna, dann werden jetzt die Rollen getauscht: Jetzt prüfe *ich*!"

„Oje, oje, oje!", jammerte die Mutter. Doch sie bewies, dass sie ein gutes Gedächtnis hatte, und schon ein paar Minuten später beherrschte sie ebenfalls die Vokabeln! Die Wanderung konnte fortgesetzt werden.

„Gehst du immer so schnell, wenn du aufs Hochegg willst?", fragte Heiner nach einer Weile misstrauisch.

„Warum nicht?", erwiderte die Mutter schelmisch. „Unterwegs gibt es Bänke zum Rasten."

Heiner ahnte, worauf sie anspielte, und rief: „Bänke zum *Rasten*! Aber *nicht* zum Vokabellernen. Merk dir das!"

„Ach, *das* hab' ich vergessen." Die Mutter grinste schon wieder. „Du kannst ja umkehren. Die Busstrecke müsstest du eben zu Fuß zurückgehen. Ich freu' mich jedenfalls auf die Brettljause beim Fischbachwirt. Und auf einen herrlich kühlen Himbeersaft! Der Fischbachwirt hat den besten Himbeersaft in der Umgebung ..."

„Hör schon auf!", unterbrach Heiner lachend.

„Nein, ich fang' gleich wieder an", entgegnete die Mutter. „Hinter der übernächsten Biegung steht die Rastbank Nummer zwei. Gerade richtig fürs Lehrstück Nummer sieben. Was hältst du davon?"

„Nichts.“

Die Mutter lachte. Zwei Stunden später beherrschte Heiner auch die Vokabeln für die „Lesson seven“ und die „Lesson eight“ – und seine Mutter konnte sie ebenfalls. Erst als oberhalb der Baumgrenze das Gipfelkreuz in der Sonne aufblinkte, wollte die Mutter nichts mehr vom Vokabellernen wissen. Mit gedämpfter Stimme sagte sie, als sie an das metallene Kreuz herantraten: „Wir sind da. Hier wird nicht mehr gelernt. Dieser Ort ist etwas Heiliges, hier steht ein Kreuz. Hier wird nur brav geschwiegen und die wunderschöne Umgebung bestaunt.“

Sie nahmen sich die Rucksäcke ab, setzten sich ins Gras und atmeten tief durch, während sie sich umsahen.

17

Gipfelfreuden – Gipfelscherze

Weit und breit ließ sich über den unzähligen Bergspitzen kein Wölkchen blicken, nur der Kondensstreifen eines Flugzeugs trübte in der Ferne das Blau des Himmels. Eine schwache Brise kühlte die verschwitzten Gesichter der beiden Wanderer. Rundherum war alles friedlich, der geschäftige Lärm unten im Tal drang nicht bis hier herauf.

Nach einer Weile unterbrach die Mutter die andächtige Stille: „Gefällt's dir hier?“

Heiner nickte. „Hier kann man *richtig* fernsehen, nämlich weit in die *Ferne* sehen“, meinte er. „So viele Berge rundherum! Da merkt man, dass unser Land ein Alpenland ist.“

„Stimmt.“ Die Mutter lächelte. Noch bevor sie sich – so wie Heiner – etwas zum Trinken aus dem Rucksack herausholte, stand sie auf und öffnete das Kästchen, das am Gipfelkreuz befestigt war.

„Ist da ein Gipfelbuch drin?“, fragte Heiner.

„Erraten“, antwortete die Mutter. Sie zog das Buch heraus, setzte sich damit wieder ins Gras und fing an, leise murmelnd die Eintragungen zu lesen. Heiner hörte zu und meinte bald: „Das ist ja immer wieder dieselbe Leier: ‚Wir sind da. Das Wetter ist herrlich ...‘ Bla bla bla.“

„Schreib *du* etwas Besseres hinein!“, schlug die Mutter vor.

„Was? *Ich*?“ Heiner zog verblüfft die Brauen hoch. Er gönnte sich einen Schluck aus seiner Saftflasche, dann sagte er: „Bevor ich auch so einen Blödsinn wie die anderen hineinschmiere, lass ich's lieber bleiben und fress' mein Wurstbrot auf.“

„Ja, ja – immer nur groß reden!“, erwiderte die Mutter. Plötzlich griff sie nach dem Bleistift, den sie fürs Vokabellernen mitgenommen hatte, suchte die nächste freie Seite im Gipfelbuch und blickte nachdenklich vor sich hin.

„Willst du einen Roman hineinschreiben?“, fragte Heiner spöttisch. „Oder ein Gedicht?“

„Ein Gedicht – warum nicht?“, entgegnete die Mutter.

„Haha, das hat sich schon gereimt!“, platzte Heiner heraus. „Ein *Gedicht* – warum *nicht*?“

„Sei still!“, befahl die Mutter. „Und schau nicht her, bevor ich fertig bin!“

„*Wann* bist du *fertig*?“, stichelte Heiner. „Soll ich inzwischen schnell den Berg hinunter und wieder herauf flitzen?“

„Sei still oder ich bleib’ so lange mit dir hier heroben, bis du die Vokabeln für *alle* Lehrstücke kannst!“, drohte die Mutter.

„Na dann – gute Nacht“, entgegnete Heiner.

Ein paarmal versuchte er, heimlich ins Gipfelbuch zu spähen. Doch die Mutter zischte immer wieder: „Wegschauen! Husch, husch!“

Nach ein paar Minuten war sie fertig. Sie hielt Heiner das Buch hin und sagte: „Da! Jetzt darfst du lesen.“

Heiner räusperte sich und las vor:

Berge! Berge! So viel Berge!
Was sind Menschen doch für Zwerge!
Stehe ich beim Kreuz hier oben,
kann ich nur den Schöpfer loben,
der uns solche Schätze schenkt,
dass ans Paradies man denkt.

„Na?“ Die Mutter blickte Heiner erwartungsvoll an. Sie hoffte wohl auf ein Lob durch ihren Sohn.

„Hm ...“, murmelte er. „*Reimen* tut sich’s ja, Mutti.“

„Sonst nichts?“ Die Mutti guckte enttäuscht drein.

„Na ja ...“ Heiner rümpfte die Nase. „Etwas Witziges würde mir besser gefallen.“

„Witzbold! Da! Mach’s besser!“ Entschlossen drückte ihm die Mutti Buch und Bleistift in die Hände.

„Was soll ich damit?“, fragte Heiner verwirrt.

„Dichten!“, forderte die Mutti. „Oder soll ich dich lieber Vokabeln abprüfen?“

„Das wär’ *noch* blöder“, knurrte Heiner. „Also gut, ich probier’s. Aber du darfst mir *auch* nicht zuschauen.“

„Einverstanden, Herr Dichter.“ Die Mutti grinste. „Ich verziehe mich inzwischen mit meinem Rucksack um ein paar Meter. Dann kann ich gleich in Ruhe jausnen.“

„Recht so! Husch, husch! Ab mit dir!“ Jetzt grinste Heiner.

Kurz darauf – die Mutti jausnete friedlich – grinste er nicht mehr. Verflixte Dichterei! Das ging ja gar nicht so einfach.

„Hast du schon etwas?“, rief ihm die Mutti nach zwei Minuten zu.

„Jaaa!“, fauchte er, obwohl er nur eine Zeile geschafft und die schon wieder durchgestrichen hatte.

„Bist du schon fertig?“, fragte die Mutti kurz darauf.

„Neiiin!“, kam es gereizt zurück. „Bin ja kein Schnellzug!“

„Ich hab’ gar nicht gewusst, dass Schnellzüge reimen können“, entgegnete die Mutti. „Was meinst du, kann ich – bis du fertig bist – ein Nickerchen machen? So ein, zwei Stündchen vielleicht?“

„Mach, was du willst, aber stör mich nicht dauernd beim Nachdenken!“, erwiderte Heiner.

Nach etwa zehn Minuten rief er: „Kannst herkommen! Vorlesen!“

Die Mutti erhob sich scheinbar schwerfällig, trottete herbei und jammerte: „Oooch, ich war grad so schön am Einschlafen.“

Kichernd ließ sie sich ins Gras fallen, griff nach dem Gipfelbuch und begann, laut vorzulesen:

Wie ein kleines Trampeltier
bin ich mit der Mutti hier.
Ich verrat’ euch, liebe Leute:
Hereingelegt hat sie mich heute!

Sie prüft mich stets Vokabeln ab,
bis keine Puste ich mehr hab’.
Beim Gipfelkreuz hab’ ich indessen
das Gelernte schon vergessen.

Und die Lehre von der G’schicht’:
Beim Bergsteigen sollst lernen nicht.

„Und?“ Diesmal schaute *Heiner* erwartungsvoll drein.

Die Mutti unterdrückte das Lachen, machte ein strenges Gesicht und urteilte: „Furchtbar. Grauslich. Entsetzlich. So etwas passt doch nicht in ein Gipfelbuch hinein. Da muss man ja lachen, wenn man das liest!" Und schon lachte sie.

„Na also!", rief Heiner. „Ich hab' noch nie eine Verbotstafel gesehen, auf der geschrieben steht: *Lachen beim Gipfelkreuz verboten.*"

„Ich auch nicht", gestand die Mutti. „Aber etwas Wichtiges hast du vergessen: Du musst deinen Namen, das heutige Datum und die Uhrzeit dazuschreiben."

„Das hast *du* ja *auch* noch nicht getan", erwiderte Heiner.

„Ui! Das muss ich gleich ergänzen!"

Mit viel Gekicher vervollständigten die beiden ihre Eintragungen, dann legte die Mutti das Gipfelbuch auf seinen Platz zurück. Anschließend widmete sie sich dem Rest ihrer Jause. Plötzlich griff sie nach dem Vokabelheft.

„Nein! Nicht schon wieder!", rief Heiner.

„Keine Angst", beruhigte ihn die Mutti, während sie im Heft blätterte. „Ich will nur etwas nachschauen ... ah, ich seh' schon: Da sind am Ende noch ein paar Seiten leer. Hast du etwas dagegen, wenn ich das Gipfelbuch noch einmal hole und unsere Gedichte ins Heft schreibe, damit ich sie nicht vergesse?"

„Schreib nur – Hauptsache, du prüfst nicht", stimmte Heiner zu. Er versuchte sich ins Gras zu legen, aber es war ihm zu wenig weich, sodass er sich bald wieder aufrichtete und die Mutter fragte: „Kopfpolster hast du zufällig *keines* in deinen Rucksack gepackt, oder?"

„Zufällig keines", antwortete sie, ohne beim Schreiben aufzublicken. Als sie fertig war und das Gipfelbuch wieder in seinem Kästchen verstaut hatte, setzte sie sich neben Heiner und schwieg eine Weile. Schließlich seufzte sie und sagte: „Schön ist's hier heroben. Vor allem so schön still. Das nächste Mal könntest du deine Freundin mitnehmen."

„Die Frau Anna?!", platzte Heiner heraus. „Das wird wohl nicht gehen! Die mit ihren einundsiebzig Jahren ..."

„Wirklich schon einundsiebzig?", unterbrach die Mutter mit einem listigen Blick.

„Aber ja doch!", beteuerte Heiner hastig. „Meinetwegen – wenn du's nicht glaubst, laden wir sie beim nächsten Mal zum Mitkommen ein. Aber *du* musst sie dann huckepack hier heraufschleppen."

„Nein, danke, dafür wär' mir auch eine Sieb*zehn*jährige zu schwer."

Die Mutter lachte, fuhr jedoch ernst fort: „Du musst sie jedenfalls fragen, wie viel sie für die Nachhilfe verlangt."

„Ich habe ihr als Gegendienst schon mindestens den halben Kirschbaum abgeerntet", erwiderte Heiner.

„Trotzdem – extra bedanken solltest du dich allemal", meinte die Mutter.

„Das tu' ich sowieso." Heiner seufzte. Er war froh, als die Mutter nicht mehr über Frau Anna sprach. Es wurde ohnehin Zeit, den Rückweg anzutreten. Das war nicht derselbe Weg wie beim Aufstieg, sondern ein anderer. Er führte zuletzt beim Fischbachwirt vorbei, wo die Mutti großzügig Brettljause und Himbeersaft spendierte.

18

Das geheimnisvolle Heftchen

„Die wird staunen!“, dachte Heiner, als er am Montag – wie telefonisch vereinbart – kurz nach halb neun Uhr wieder zu Frau Anna ging. „Eine Ferienwoche ist vorbei, und ich habe schon die Vokabeln für acht Lehrstücke wiederholt.“

Frau Anna staunte wirklich, als Heiner sich abprüfen ließ – von „Lesson one“ bis „Lesson eight“! Anschließend machten sie gleich weiter bis zur „Lesson ten“. Erst danach erfüllte Heiner den „Sonderauftrag“ seiner Mutti: Er fragte, was er für die Nachhilfe „schuldig“ sei.

„Nichts!“, rief Frau Anna lachend. „Du hast mir sowieso bei der Kirschenernte geholfen. Außerdem: Ich find’s lustig, wenn ich alte Schachtel mit dir meine Englischkenntnisse erweitern kann. Freilich – Grammatik kann ich dir *nicht* beibringen. Das wär’ etwas für Birgit! Aber ...“ Frau Anna seufzte. „Die kommt ja nicht ...“

Heiner bedauerte die alte Frau. Tröstend entgegnete er: „Vielleicht kommt sie doch noch ... als Überraschung. Vielleicht macht sie sogar noch *diesen Sommer* Urlaub in Europa.“

„Das wär’ ein Wunder.“ Frau Anna seufzte wieder. Als sie Heiners besorgtes Gesicht sah, schmunzelte sie und sagte: „Schau mich nicht so bekümmert an – ich finde mich schon zurecht!“

„So ganz allein?“, fragte Heiner zögernd.

„Ich hab’ ja nette, hilfreiche Nachbarn. Außerdem –“ Frau Anna hielt inne. Sie schien nachzudenken, ob sie Heiner etwas anvertrauen sollte. Plötzlich stand sie auf und sagte: „Ich zeige dir etwas.“

Sie ging ins Nebenzimmer und ließ die Tür einen Spalt offen, sodass Heiner an der Wand ein großes, eingerahmtes Bild sehen konnte: das Bild eines etwa vierzehnjährigen Mädchens mit langen, schwarzen Locken. Gebannt starrte Heiner hin. Er konnte nicht anders – er musste fragen, als Frau Anna wieder aus dem Nebenzimmer heraustrat: „Was ist das für ein hübsches Bild an der Wand? Ist da Ihre Tochter Birgit drauf?“

„Äh – nein, nein“, entgegnete Frau Anna, während sie die Tür hastig zuzog. Verlegen sprach sie weiter, als sie merkte, dass Heiner noch immer zur Tür starrte. „Das ist ein uraltes Foto. Mein Vater hat es machen lassen.“

„Und ...“ Heiner stockte. Er traute sich nicht zu fragen, wer die Person auf dem Foto sei. Frau Anna erahnte seine Frage und antwortete leise: „Das ist nicht Birgit, obwohl sie als Kind ähnlich ausgesehen hat. Das ... das ist ein altes Foto von *mir*.“

„Ach ...“ Heiner wusste nicht, was er vor Staunen sagen sollte. Das Bild hatte ihn vom ersten Augenblick an beeindruckt. Doch Frau Anna schien nicht drüber sprechen zu wollen. Sie setzte sich wieder, legte ein kleines Heft auf den Tisch und wandte sich an Heiner: „Schau einmal – das ist sozusagen mein täglicher kleiner Helfer.“

„Dieses Heftchen?“ Heiner hatte endlich seine Blicke von der Tür zum Zimmer mit dem Mädchenfoto gelöst.

„Das ist eine Monatszeitschrift“, erklärte Frau Anna. „Da steht für jeden Tag etwas zum Nachdenken drin: ein Stichwort, ein Satz als Denkanstoß dazu und ein paar Überlegungen; und am Ende ein passendes Zitat aus der Bibel.“

„Aha“, murmelte Heiner. Sein Vater fiel ihm ein. Der hielt im Gegensatz zu Mutti von Kirche und Bibel wenig.

Frau Anna blätterte im Heftchen, hielt auf einmal inne und sagte: „Schau! Da steht zum Beispiel als Stichwort für den heutigen Tag ‚Glaube‘ und darunter als Denkanstoß: ‚Ich will geistige Saatkörner pflanzen.‘“

Heiner machte ein Gesicht, als müsse er einwenden: „Geistige Saatkörner – was soll das sein?“ Doch er wollte die nette, alte Frau nicht durch unüberlegte Bemerkungen kränken. Also schwieg er und hörte zu, als sie vorlas:

> „Wenn ein Landwirt Getreidekörner aussät, erwartet er ein Wunder. Jedes dieser Körner soll sich verwandeln: zuerst in eine Wurzel, dann in eine hohe Pflanze, die wiederum eine Menge solcher Körner hervorbringt – eine unglaubliche Vermehrung von etwas unscheinbar Kleinem. Ein Wunder! Fruchtbare Erde, Sonnenlicht und Regen werden zusammenwirken und dieses Wunder geschehen lassen. Davon ist der Landwirt überzeugt, er *glaubt* daran. Würde er *nicht* daran glauben, dann würde er gar nichts aussäen; folglich würde er auch nichts ernten.
> Genauso wie der Landwirt pflanzliche Saatkörner aussät, will ich heute und immer wieder *geistige* Saatkörner aussäen: Saatkörner der Freude und des Friedens. Meine Saatkörner sind alle meine Gedanken, Worte und Taten, mit denen ich zu Freude und Frieden meiner Mitmenschen et-

was beitrage. Ich vertraue diesen Saatkörnern und lasse ihnen Zeit zu wachsen. Mein Glaube an die Früchte dieser Saatkörner wird zur Ernte führen, auch wenn es am Anfang noch nicht danach aussieht."

Frau Anna machte eine kurze Pause, dann fuhr sie mit dem Zitat aus der Bibel fort: „Glaube aber ist: Feststehen in dem, was man erhofft, Überzeugtsein von Dingen, die man nicht sieht. – Hebräer, Kapitel 11, Vers 1."

Heiner blickte zuerst nachdenklich auf den Tisch, dann in Frau Annas Gesicht. Plötzlich schien er zu begreifen und platzte heraus: „Wenn das *so* ist, dann *muss* Birgit einmal wiederkommen – wenn *Sie wirklich ganz fest* daran glauben."

„Du hast recht." Frau Anna nickte und seufzte. „Aber es heißt auch: Man muss diesen geistigen Saatkörnern *Zeit zum Wachsen* lassen."

„Ach ja, stimmt", gab Heiner zu. „Aber es ist auch von *Taten* die Rede. Bedeutet das nicht, dass Sie auch etwas *tun* müssen?"

„Ja." Frau Anna lächelte. „Ich halte zum Beispiel Haus und Garten stets in Ordnung, als könnte Birgit jeden Tag eintreffen – zum Beispiel schon morgen oder übermorgen."

„Hm ... stimmt", murmelte Heiner. Plötzlich sprudelte er heraus: „Schreiben Sie Birgit einfach einen Brief, dass sie endlich heimkehren soll! Im Haus ist genug Platz für sie samt der kleinen Anna – äh – samt der jetzt schon *größeren* Anna."

Die Großmutter der „schon größeren Anna" lachte und erwiderte: „Ach, weißt du, Heiner, das ist nicht so einfach mit der Rückkehr nach Europa. Birgit hat in Amerika berufliche Verpflichtungen. Und die kleine – Verzeihung – die jetzt schon *große* Anna muss ja zur Schule. Da kann man nicht so mir nichts, dir nichts quer über den Ozean reisen."

„Auch wieder wahr", gestand Heiner. Auf einmal platzte er heraus: „Aber in Ihrem Heftchen ist ja von *Wundern* die Rede! Und doch ist es für manche Leute überhaupt kein Wunder, eine Urlaubsreise über den Ozean zu machen. Oder könnte sich Birgit so eine Reise nicht leisten?"

„Hm ... ich weiß nicht ... am Geld allein liegt es eher nicht ..." Frau Anna überlegte. Plötzlich schmunzelte sie und sagte: „Ich wollte dir nur zeigen, dass mir dieses Heft Trost gibt. Und stell dir vor: Genau das, was du mir jetzt gesagt hast, tröstet mich und gibt mir neuen Mut! Auf einem Umweg haben mir die Worte, die da drin stehen, neue Hoffnung gebracht. *Du* bist sozusagen dieser Umweg – ein *erfreulicher* Umweg."

„Ich bin ..." Heiner musste lachen. „Ich bin also ein erfreulicher *Umweg*. Das muss ich meiner Mutti erzählen. Aber ..." Plötzlich wurde er wieder ernst. „Eigentlich sind *Sie* ja *auch* so ein erfreulicher Umweg, und zwar für *mich*. Ohne Sie hätte ich wahrscheinlich noch nicht einmal einen Huster für die Wiederholungsprüfung getan."

„Siehst du – du hast das, was für heute in diesem Heftchen steht, schon begriffen", sagte Frau Anna. „Du *glaubst*, dass du die Wiederholungsprüfung schaffen kannst; und du *tust* etwas dafür: Du lernst. Da muss – wie beim Landwirt – auch für dich die Zeit der Ernte kommen."

„Ja – wenn nicht ein Unwetter eine Missernte bringt", gab Heiner zu bedenken.

„Etwas bleibt immer", meinte Frau Anna. „Es wäre nur falsch, wenn du aus lauter Angst vor der Missernte – also einer verpatzten Nachprüfung – nicht mehr weiterlernen wolltest. Je mehr du aber *glaubst*, dass es gut gehen wird, und je mehr du dafür lernst, desto unwahrscheinlicher wird es, dass die Prüfung misslingt. Denk an meine Birgit: Sie *wollte* immer eine gute Schülerin sein – auch wenn manchmal ein ‚Unwetter', also eine schlechte Note, dazwischengefunkt hat. Aber Birgit hat an ihr Ziel – ein *gutes* Ziel – geglaubt, und sie hat es auch erreicht. – Also, mein lieber, junger Freund: Wann darf ich mich mit dir auf die nächste ‚Lesson' stürzen? Und wann stürzen wir uns auf die Vorbereitung für die Geographieprüfung?"

„Au weh, au weh!", stöhnte Heiner grinsend. „Im Augenblick macht mir Englisch *mehr* Spaß."

„Umso besser. Also wann kommst du wieder?"

„Vielleicht ... gleich heute am Nachmittag?"

„Einverstanden! Ich wollte zwar den Rasen mähen ..."

„Nein!" Heiner riss abwehrend die Hände hoch. „Das mach' natürlich *ich*! Bisher haben Sie für mich schon so viel Zeit für Nachhilfe geopfert, dass ich dafür mindestens *drei* Kirschbäume abernten müsste."

„Ich hab' aber nur *einen* Kirschbaum." Frau Anna schmunzelte.

„Aber auch einen Zwetschkenbaum. Und ein paar Apfelbäume." Heiner schmunzelte ebenfalls."

„Oje!" Frau Anna lachte laut auf. „Dann müsstest du im Herbst wieder kommen."

„Einverstanden!“, rief Heiner. Plötzlich drohte er mit dem Zeigefinger und sagte: „Aber alles unter *einer* Bedingung: Ihre Tochter Birgit muss mithelfen! Und die kleine Anna auch!“

„Oje!“ Frau Anna lachte wieder.

„Denken Sie dran, was heute in Ihrem Heftchen steht“, entgegnete Heiner.

19

Lange, schwarze Haare

Nachdenklich schlenderte Heiner mit seiner Schultasche von Frau Anna nach Hause. Diesmal hatte die Mutter im Krankenhaus früher Dienstschluss, also würde sie für sich und Heiner etwas kochen. Die Einladung, bei Frau Anna zum Essen zu bleiben, hatte er abgelehnt. Was sollte er denn *noch* alles von ihr annehmen, wo er doch versucht hatte, ihr Sparbuch zu ... stehlen. Ja, so konnte man es nennen! Er hatte das Sparbuch an sich genommen und versucht, Geld abzuheben ...

Schuldbewusst seufzte Heiner auf. Zu einer Riesendummheit hatte er sich verleiten lassen; und doch – *ohne* diese Riesendummheit wäre er nie auf einen so ungewöhnlichen Menschen wie Frau Anna gestoßen. *Ihr* verdankte er es, dass er schon in der ersten Ferienwoche einen beachtlichen Teil des Lehrstoffs für die Wiederholungsprüfungen bewältigt hatte. Aber war er wirklich nur *deshalb* dieser Frau begegnet? Nur um seine schulische Faulheit zu überwinden? Oder steckte mehr dahinter? Sollte es ein *Auftrag* für ihn sein? Der Auftrag, dass gerade *er* einem vereinsamten, alten Menschen half, für den – außer ein paar Nachbarn – niemand mehr da war?

Heiner musste an das Jugendfoto von Frau Anna denken. Was für ein liebenswürdiges Gesicht! Und so schöne, schwarze Locken! Ob die „kleine Anna“ ihrer Großmutter ähnlich sah? Sie musste jetzt in demselben Alter sein wie ihre Großmutter damals, als sie fotografiert worden war ...

„He, du!“

Eine helle, fast schrille Stimme riss Heiner aus seinen Gedanken heraus. Neben ihm stand plötzlich ein Mädchen: groß, schlank, mit langen, schwarzen Haaren, die weit über die Schultern reichten.

„Die kenn’ ich doch!“, dachte Heiner erschrocken. „Die hab’ ich vor kurzem gesehen – mit Vinzenz und Reinhold!“

„Was ist denn?“, murmelte er verunsichert, während er stehen blieb.

Er wagte es nicht, der Schwarzhaarigen in die leicht zusammengekniffenen Augen zu blicken.

„Tust du mir einen Gefallen?", fragte sie. „Ich suche die Mechardtstraße."

„Da muss ich gerade hin", rutschte es Heiner heraus. Im selben Augenblick hätte er sich am liebsten geohrfeigt. Was ging es die Schwarzhaarige an, wo er hinwollte? Sollte sie doch zusehen, wie sie sich zurechtfand ...

„Das trifft sich gut!", rief sie. „Wenn's dir nichts ausmacht, schließ' ich mich dir an."

„Es *macht* mir aber etwas aus!", dachte Heiner ärgerlich. Doch er wagte es nicht, gegenüber dem großgewachsenen Mädchen *laut* zu denken. Er wandte sich ab und ging weiter. Die Schwarzhaarige deutete sein Schweigen als Zustimmung und folgte ihm.

„Ich muss in der Mechardtstraße zu einem Bekannten, aber ich war noch nie dort“, behauptete das Mädchen.

Heiner starrte vor sich hin und erwiderte nichts. Übertrieben freundlich klang es für ihn, als die Schwarzhaarige sagte: „Ich find’s nett von dir, dass du für mich den Reiseführer spielst.“

„Wieso Reiseführer?“, fragte Heiner misstrauisch. „Das hört sich grad so an, als kämst du aus Amerika.“

„Und wenn es so wäre?“, entgegnete das Mädchen schnippisch.

„Dann ... dann müsstest du ja englisch reden.“

„Ja, warum nicht?“

„Und dann ... dann müsstest du mir helfen können.“ Heiner biss sich auf die Lippen. Was redete er für Unsinn? Na wennschon – wozu hatte er mit Frau Anna die Vokabeln der „Lesson ten“ gelernt? Also fragte er, obwohl er sich dabei unwahrscheinlich dumm vorkam: „Was heißt: ‚It is raining cats and dogs.‘?“

„Ach!“, rief die Schwarzhaarige lachend. „Frag mich etwas Leichteres! Zum Beispiel: ‚I love you.‘“

„Hä?“ Heiner wandte ihr einen Augenblick verlegen das Gesicht zu.

„Sag’s schon!“, ermunterte sie ihn. „Was heißt: ‚I love you.‘?“

„Pah!“ Heiner starrte wieder vor sich hin. „Das sag’ ich dir lieber nicht – sonst könntest du es falsch auffassen.“

„Ah! Ich verstehe!“ Das Mädchen lachte wieder. „Du hast eine Freundin!“

„Blödsinn“, brummte Heiner. Er ging schneller, doch die Schwarzhaarige ließ sich nicht abschütteln und fragte: „Wie heißt sie denn?“

„Wer?“

„Deine Freundin.“

„Hab’ ich keine.“

„Hab’ ich keine? – Toller Name!“ Die Schwarzhaarige grinste. „Wohnt sie auch in der Mechardtstraße?“

„Nein.“ Heiner starrte vor sich hin. Er versuchte, gelassen zu bleiben, während er weiterspach: „Sie wohnt auf dem Mond, Hausnummer null, dritte Tür links.“

„Hausnummer null, aha“, wiederholte die Schwarzhaarige nickend. „Hochinteressant! Ist deine Freundin also eine Mondianerin? Oder gehört sie zum Stamm der Marsmenschen?“

„Weder noch.“ Heiner musste plötzlich grinsen, als er die Wortspielereien fortsetzte: „Sie gehört zu den Nichtingern, weil es sie in Wirklichkeit *nicht* gibt. Das heißt: Ich habe keine Freundin."

„Oh, das tut mir aber leid." Die Schwarzhaarige verzog ihr Gesicht zu einer traurig-vorwurfsvollen Grimasse. „So ein fescher Kerl wie du – und hat noch keine Freundin! Übrigens – ich heiße Else. Woher kommst du gerade?"

„Von einer Freundin jedenfalls nicht."

„Woher sonst? Etwa von der Schule, weil du eine Schultasche herumschleppst, obwohl Ferien sind?"

„Ich könnte ja von ..." Heiner stockte. „... von einer Nachhilfelehrerin kommen", hatte er sagen wollen. Um keinen falschen Verdacht entstehen zu lassen, setzte er fort: „Ich könnte von einem Nachhilfelehrer kommen."

„Nachhilfelehrer, aha", wiederholte Else scheinbar erstaunt. „Warum nicht gleich Nachhilfelehrer*in*?"

Heiner entgegnete nichts. Das Mädchen schwieg eine Weile, dann sagte es nach einem listigen Seitenblick auf Heiner: „Es soll schon vorgekommen sein, dass sich Nachhilfeschüler in ihre Nachhilfelehrerinnen verliebt haben; vor allem wenn es *junge* Lehrerinnen waren."

„So ein Schwachsinn." Heiner grinste und musste sich beherrschen, damit er nicht verriet: „Meine Nachhilfelehrerin ist schon einundsiebzig." Stattdessen entgegnete er: „Wenn du schon mit mir reden willst, reden wir lieber über etwas anderes! Was sagt dir der Name Reinhold?"

„Äh ...?" Else wirkte einen Augenblick wie überrumpelt. Sie fasste sich jedoch schnell und erwiderte: „Hast du jetzt ‚*Un*hold' gesagt oder ‚*Rein*hold'?"

„Ganz wie du magst", antwortete Heiner verschmitzt. „Vielleicht gefällt dir der Name Vinzenz besser."

„Vin ... bäh!", rief Else mit übertriebener Verachtung aus. „Vinzenz, Reinhold – was soll ich mit so altmodischen Namen? Das klingt genauso langweilig wie zum Beispiel ... Heinrich – oder gar Heiner ..."

„Verflixt, die kennt mich genau!", dachte Heiner. Er ärgerte sich wieder und sagte: „Bei der nächsten Abzweigung beginnt die Mechardtstraße. Du kannst schon vorauslaufen."

„Ach, so eilig hab' ich's nicht." Else winkte schelmisch ab. „Ich find's unterhaltsam, mit dir über Namen zu quatschen. Weißt du zufällig, was ‚Mechardt' bedeutet?"

„Nein“, brummte Heiner.

„Es klingt wie ‚my heart‘, also englisch“, sagte Else. „Das bedeutet so viel wie ‚mein Herz‘. Oder gar ‚mein Liebling‘. Eine tolle Straßenbezeichnung! Meinst du nicht auch? Gehst du also zufällig zu deinem *Liebling*?“

„Nein“, knurrte Heiner. Plötzlich verbesserte er sich, indem er sagte: „Meinetwegen – nenn es so! Ich geh’ zu meiner Mutter, damit du’s endlich weißt. Wir wohnen in dieser Straße.“

„Ach, die *Mutti* ist deine große Freundin! Dein Liebling!“, rief Else neckisch aus. „Warum hast du das nicht *gleich* gesagt? Die liebe Mutti! Ach, ist das schön, wenn man eine liebe Mutti hat!“

„Ja – vor allem wenn man keinen lieben Vati hat“, wollte Heiner hinzufügen, doch er hielt sich zurück. Er hatte das Gefühl, Else wolle ihn nur aushorchen. Erleichtert entwischte er ihr er durch die Eingangstür des Wohnblocks Nummer vierundvierzig.

„Wiederseh’n, Heinerle!“, hörte er eine spöttische, helle Stimme hinter sich.

„Ich hau’ ihr eine!“, durchfuhr es ihn. Doch er „haute“ nur die Tür zu. Ärgerlich hastete er über die Stufen nach oben.

Die Mutter werkte bereits beim Herd und empfing Heiner mit den Worten: „Ah, pünktlich auf die Minute! Das Essen ist gleich fertig. Du kannst schon Teller und Besteck herrichten.“

„Mach’ ich“, entgegnete Heiner.

Kurz darauf stellte die Mutter einen Topf mit Gemüsesuppe auf den Tisch, füllte Heiners Teller und fragte plötzlich: „Warum hast du sie nicht gleich heraufgebracht?“

„Was? Wen?“ Heiner runzelte verwirrt die Stirn.

„Deine Freundin! Die Einundsiebzigjährige!“

„Wie bitte???“

„Ich hab’ euch vorhin vom Fenster aus gesehen.“ Die Mutter lächelte verschmitzt. „Für eine Einundsiebzigjährige sieht sie umwerfend jung aus. So was von herrlich langen, pechschwarzen Haaren!“

„Was?“ Endlich begriff Heiner. „Ach so – du meinst die blöde Kuh, die zu dumm war, die Mechardtstraße allein zu finden.“

„Wie eine Kuh hat die junge Dame *nicht* ausgesehen“, wandte die Mutter ein.

„Es *war* aber eine!“, platzte Heiner heraus. „Ich glaube, die wollte mich aushorchen. Sie muss mit Vinzenz und Reinhold befreundet sein. Die machen sich bestimmt einen Jux mit mir."

„So, so." Heiners Mutter schmunzelte. „Ich glaube eher, dass *du* mit *mir* einen Jux machen willst: Du möchtest mir eine bildhübsche Siebzehnjährige als Sieb*zig*jährige einreden."

„Aber nein!", rief Heiner ärgerlich. „Die Einundsiebzigjährige ist doch die *Anna.* Die andere, die du vorhin gesehen hast, heißt Else."

„Die *andere*, aha! Jetzt hast du plötzlich *zwei* Freundinnen. Das ist ja höchst erstaunlich!" Die Mutter grinste und fing an, ihren eigenen Suppenteller zu füllen.

„Ich hab' überhaupt keine Freundin!", brauste Heiner auf. „Die Frau Anna gibt mir nur Nachhilfe, weil ich ihr bei der Kirschenernte geholfen habe. Und die Schwarzhaarige, die Else, die kenne ich gar nicht. Ich habe sie nur einmal mit Vinzenz und Reinhold gesehen. Die ist eine blöde Gans."

„Erst eine Kuh, jetzt eine Gans – das nächste Mal vielleicht eine Einundsiebzigjährige", stichelte die Mutter. „Ich wette, mit deiner Nachhilfelehrerin stimmt irgendetwas nicht."

„So? Dann komm doch heut' Nachmittag zum Vokabellernen mit!", entgegnete Heiner.

„Geht nicht, da hab' ich Dienst", erwiderte die Mutter. „Aber du kannst deine Anna einmal einladen. Sag mir vorher rechtzeitig Bescheid, dann backe ich einen Kirschkuchen."

„Das kann sie selber vielleicht zehnmal besser als du", knurrte Heiner.

„Dann eben nicht", brummte die Mutter beleidigt.

20

Lass los ...

Wie versprochen, ging Heiner nach dem Mittagessen zu Frau Anna. Er wollte zuerst den Rasen mähen, doch Frau Anna lehnte ab. Sie sagte, es sei noch zu heiß, außerdem dürfe man den Rasenmäher wegen des Lärms nicht vor drei Uhr nachmittags benützen.

„Oje, dann müssen wir ja sofort wieder Vokabeln lernen!“, stöhnte Heiner.

„*Müssen* tun wir *nicht*, höchstens *sollen*“, meinte Frau Anna lachend.

„*Müssen tun* wir nicht ...“, wiederholte Heiner grinsend. „Wenn ich so mit meinem Deutschlehrer rede, kriege ich von ihm auch in Deutsch eine Wiederholungsprüfung aufgebrummt.“

„Nur nicht übertreiben!“, rief Frau Anna. „Komm mit ins Haus! Drinnen ist es schön kühl – gerade recht für die ‚Lesson eleven‘ und die ‚Lesson twelve‘.“

„Kaum zu glauben“, erwiderte Heiner. „Wenn das so weitergeht, kann ich bis zum Ferienende auch sämtliche Vokabeln fürs *nächste* Schuljahr.“

„Wieso *nicht*?“ Frau Anna lachte. „Wir zwei lernen miteinander ein ganzes Englischbuch auswendig; und danach reisen wir nach Amerika zu Birgit.“

„Nein, danke, das wär’ mir zu weit“, lehnte Heiner ab. „Mir reicht’s schon, wenn ich mit dem Rasenmäher ein paar Rundreisen über ihre große Wiese schaffe.“

Diese „Rundreisen“ erwiesen sich gar nicht als einfach. Frau Anna besaß nur einen alten elektrischen Rasenmäher. Heiner musste ständig auf das lange Elektrokabel achten, damit es sich nicht an einem Strauch verhedderte oder ihm gar in die Quere kam, wenn er beim Mähen die Richtung wechselte. Aber es ging gut. Nach einer halben Stunde konnte er den Rasenmäher mit Frau Annas Hilfe reinigen und wieder in den Schuppen zurückstellen.

„Das wär's für heute", sagte Heiner, als er zu seiner Schultasche griff und sich verabschieden wollte.

„Kommst du morgen wieder?", fragte Frau Anna. „Nur Vokabeln lernen – nicht wieder Rasen mähen."

„Mit dem Rasen haben Sie jetzt für eine Weile Ruhe", meinte Heiner, ohne die Frage zu beantworten. „Aber ... Sie sollten sich einen neuen Rasenmäher anschaffen, einen mit Akku. Da fällt das Kabelgewirr weg."

„Daran habe ich auch schon gedacht." Frau Anna seufzte schwer. „Beim Geldausgeben muss ich leider vorsichtig sein."

„Wieso?"

„Weißt du ... ich habe das Hausdach erneuern lassen", fing Frau Anna zu erzählen an. „Das war eine teure Geschichte. Nun stell dir vor: Mitten in den Arbeiten bemerken die Dachdecker, dass auch der Kamin zu richten wäre. Dringend! Die Frage für mich war nur: Geht sich das mit meinem Geld noch aus? Ich habe zwar zwei Sparbücher. Aber das zweite ist wirklich nur für den äußersten Notfall gedacht. Davon wollte ich nichts abheben. Allzu groß war das Guthaben ohnehin nicht."

„Aha." Heiner begann etwas Unangenehmes zu ahnen.

Frau Anna erzählte weiter: „Die Sache mit dem Kamin hat mich erschreckt. Ein Kaminbrand wäre fürchterlich! Aber würde ich mit dem Geld auskommen? Man konnte mir vorher nicht genau sagen, wie viel die Reparatur kosten würde. Ich war ziemlich beunruhigt. Und dann – lese ich plötzlich in meiner Monatszeitschrift – du kennst sie ja schon – da lese ich: ‚Lass los, überlass es Gott!'"

„Ja – und?" Heiner schaute verwirrt drein. „Der Herrgott zahlt doch keine Rechnungen."

„Nein, natürlich nicht!" Frau Anna lachte. „Aber mir ist klar geworden, was dieser Spruch bedeutet: Wenn du große Sorgen hast und wenn du wirklich alles getan hast, was du tun konntest, dann vertrau auf Gott. Was sollte ich noch lange hin und her überlegen? Die Kaminreparatur war unvermeidlich! Mir blieb also nur die Hoffnung, dass die Kosten dafür doch nicht so hoch ausfallen würden, wie es im schlimmsten Fall zu befürchten war. Immerhin musste ich *dankbar* sein, dass die Dachdecker den Schaden rechtzeitig entdeckt hatten. Siehst du, Heiner, dann habe ich wieder einmal etwas getan, was ich öfter tue, wenn ich in Sorge bin: Ich habe mir eine Losung aufgeschrieben: Worte, die mir eine

Stütze, eine Hilfe geben sollen. Ich habe sie auf einen Zettel geschrieben: *Losungswort Gottvertrauen*."

Heiner zuckte zusammen. Eine peinliche Erinnerung durchfuhr ihn!

Frau Anna schien es nicht zu bemerken. Sie erzählte weiter: „Dieser kleine Zettel sollte mir Mut geben. Ich habe ihn in jenes Sparbuch gesteckt, mit dessen Guthaben ich auskommen wollte."

„Aha." Heiner musste sich räuspern. Er wagte nicht aufzublicken. Durchschaute Frau Anna gar nicht, was in ihm vorging?

Sie wollte weitersprechen.

„Frau Anna!", ertönte plötzlich eine Männerstimme vom Nachbarsgarten her. Ein älterer Herr stand beim Zaun und winkte mit einer Schüssel.

„Ah, Herr Schrenkswalder! Ich komme gleich! Waren die Kirschen gut?", rief Frau Anna. An Heiner gewandt, fuhr sie fort: „Ich hab' ihm und seiner Frau eine Kostprobe von meinen Kirschen geschenkt. Wir zwei sehen einander wieder morgen Vormittag um neun. Dann geht's der ‚Lesson' Nummer dreizehn an den Kragen. Einverstanden? Wiederseh'n!"

„Ja. Wiederseh'n." Heiner räusperte sich abermals. Nichts war ihm lieber, als sich in diesen brenzligen Augenblicken schleunigst verabschieden zu können. Mit zitternden Fingern schloss er hinter sich das Gartentor.

„Das ist der Bursche", sagte Herr Schrenkswalder zu Frau Anna.

21

... fährt nur über meinen Schatten ...

„*So* war das also!“, dachte Heiner auf dem Heimweg. „Und ich Riesenrindvieh habe geglaubt, jemand würde ‚Gottvertrauen‘ als Losungswort für ein Sparbuch wählen! – Na ja, zu Frau Anna hätte es sogar gepasst.“

Der Lebensmut und der Glaube dieser Frau beeindruckten Heiner. Sie tat, was sie konnte, wenn es schwierig wurde; und wenn gar nichts mehr ging, vertraute sie auf Sätze wie: „Lass los, überlass es Gott!“ Und genau dieser Satz hatte ihr geholfen! Das erste Sparbuch hatte für die Reparatur gereicht. Zwar war es kurzfristig verschwunden, dann aber plötzlich im Postkasten aufgetaucht – ebenso unerwartet wie ein „Riesenrindvieh“ namens Heiner; ein Faulpelz, der drei Wochen lang nichts für die Schule tun wollte. Jetzt aber beherrschte dieses „Riesenrindvieh“ schon die Vokabeln für zwölf Lehrstücke. Außerdem hatte es einen Kirschbaum abgeerntet und eine große Wiese gemäht; und nebenbei sogar eine einsame, alte Frau getröstet. Sie musste diesen unverhofften Gehilfen geradezu für einen Engel halten. Oder durchschaute sie ihn etwa?

Heiner schämte sich und dachte schon daran, sich nie wieder bei Frau Anna blicken zu lassen. Aber er hatte versprochen, am nächsten Morgen wiederzukommen. So eine verzwickte Geschichte! Wie sollte er sich da herauswursteln?

„Lass los, überlass es Gott ...“

Galt das auch für Heiner? – Oje! Es war wohl auch nur eines von den vielen Sprichwörtern, die leicht dahergeredet sind, aber ...

„He, du!“

Heiner zuckte zusammen und schaute um sich.

Else! Nicht schon wieder!

„Hallo!“, rief sie und winkte Heiner zu.

„Nix hallo! Ich hab’ kein Telefon“, fauchte er vor sich hin.

Else hörte es nicht, sie war noch zu weit weg. Aber mit ihren langen

Beinen sprang sie rasch herbei.

„Kommst du von der Schule?“, fragte sie, während sie neben Heiner weiterging und auf seine Schultasche deutete.

„Nein“, brummte er, ohne Else anzusehen.

„Woher kommst du sonst?“, wollte sie wissen.

„Von da hinten.“ Heiner wies mit dem Daumen über die Schulter zurück.

„Aha. Hochinteressant“, meinte Else. „Warst du *da hinten* bei deiner Freundin?“

„Bei was für einer Freundin?“

„Na bei ... der Mondianerin.“

„Nein. Auf dem Mond war ich heute noch nicht.“

„Ist sie hübsch?“

„Wer?“

„Die Mondianerin.“

„Klar. Auf dem Mond sind sie alle hübsch. Noch hübscher als du.“

„Ach geh – was du da redest!“

„’tschuldigung! Hab’ ich dich jetzt gekränkt?“

„Nein.“ Else lächelte verschmitzt. „Du hast ja gesagt: ‚*noch* hübscher‘. Also hältst du mich auch nicht grad für eine Vogelscheuche. Und wennschon! Das fährt nur über meinen Schatten.“

„Wie bitte?“ Heiner wandte Else verwirrt das Gesicht zu.

„*Das fährt nur über meinen Schatten*“, wiederholte sie langsam und genussvoll. „Der Spruch ist gut. Er stammt von mir selber.“

„Was bedeutet er?“

„Ganz einfach: Das berührt mich nicht. Das macht mir nichts aus. Das ist mir so was von wurscht!“ Else lächelte schlau und fragte: „Soll ich dir verraten, wie ich auf diesen Spruch gekommen bin?“

„Bitte, wenn du meinst.“ Heiner zuckte mit den Schultern.

„Gut. Danach musst du mir aber auch etwas verraten. Also pass auf!“ Else holte tief Luft, und bevor Heiner etwas erwidern konnte, legte sie los: „Ich war gerade allein unterwegs, auf einer Straße ohne Gehsteig. Die Sonne schien wunderschön und ließ einen wunderschönen Schatten neben mir auf der Straße dahinschlendern. Meinen eigenen Schatten! Der hat mir gefallen, das kannst du mir glauben! *Auf einmal* – da kommt einer dahergebraust: so ein Oberangeber in einem Sportwagen, fast so schnell wie laut! Ich bleib’ vor Schreck stehen – und schon ist er über mich drübergerauscht, der rücksichtslose Mensch!“

„Über *dich* drüber?“, unterbrach Heiner. „Du meinst wohl: über deinen Schatten.“

„Richtig!“, rief Else stolz. „Drübergerauscht ist er über meinen Schatten und vorbei an mir! Doch dem Schatten – *meinem* Schatten! – hat er nichts anhaben können. Kaum war der Kerl mit seiner Motorkiste weg, war mein Schatten wieder da! Unversehrt und wunderschön! Ahnst du, was mir sofort eingefallen ist?“

Heiner schmunzelte und antwortete: „Alles klar! Du hast dir gedacht: ‚Der fährt nur über meinen Schatten!‘“

„Genau!“ Else lächelte wieder schlau und entgegnete: „So, jetzt hab’ ich dir etwas von *mir* verraten. Jetzt musst auch *du* mir etwas von *dir* verraten. Wie heißt deine – Mondianerin?“

„Äh?“ Heiner machte ein verdutztes Gesicht.

„Na los, komm schon!“, forderte Else ihn auf. „Sag mir wenigstens den Anfangsbuchstaben ihres Namens!“

„Hm ...such dir einen aus!“ Heiner grinste.

„Also ...“ Else überlegte. „Ich tippe auf ... E.“

„Wieso grad E?“

„E wie Else – ach so, das geht nicht. *Mich* kennst du ja noch nicht lang genug.“ Else kicherte schelmisch. „Also sagen wir lieber ... E wie Eulalia.“

„Äh?“ Heiner runzelte verdutzt die Stirn und dachte: „Dieses schlaue Biest! Wie kommt die auf Eulalia? – Die hat sich mit Vinzenz und Reinhold abgesprochen!“

„Was heißt ‚äh‘?“, fragte Else misstrauisch. „Stimmt Eulalia nicht? Oder meinst du etwa ‚Ah‘? Beginnt der Name mit A? – Schön, dann rätseln wir weiter! Wie wär’s mit Amanda?“

Else redete so schnell, dass sie Heiner immer mehr verwirrte. Er widersprach nicht, also setzte sie gleich fort: „Amanda? Nichts? Vielleicht Amalia? Auch nichts? Oder Annabell? Zu lang? Dann nur Anna?“

Heiner zuckte verräterisch zusammen – und schon trumpfte Else auf: „Ah, Anna! Das gefällt dir! Soll ich bei ‚Anna‘ bleiben? Ja? Dann lass mich gleich den Anfangsbuchstaben des Familiennamens erraten!“

„Familiennamen?“ Beinahe wäre es Heiner herausgerutscht: „Den weiß ich selber nicht.“

„Ja, ja, der Familiennamen, das ist schwer“, sprudelte es aus Else heraus. „Da könnte jeder Buchstabe passen, es gibt ja unzählige Familiennamen. Also sagen wir ... N; Anna N.“

„Anna N.?“ Vor Schreck wäre Heiner beinahe stehen geblieben.

„Na klar!“, redete Else schon wieder. „Du hast doch heute Vormittag angedeutet, deine Freundin gehöre zu den *Nichtingern*, weil es sie gar nicht gäbe. Also nennen wir sie einfach Anna N. Wie *Nichtinger*. Gefällt dir das?“

„Hm?“ Heiner merkte, dass Else ihren Redeschwall bewusst unterbrochen hatte, um eine Antwort zu erzwingen. Also brummte er ausweichend: „Ich würde sagen ... du musst schon mindestens einmal Weltmeisterin im Schnellsprechen gewesen sein.“

„Keine Ausflüchte!“, erwiderte Else. „Sag's klipp und klar: Gefällt dir der Name Anna N.?“

„Der Name?“ Heiner grinste. „Na meinetwegen – damit du endlich Ruhe gibst! Und damit du nicht beleidigt bist: Else N. oder M. oder Y. würde auch nicht übel klingen. Aber jetzt bitte Feuerpause, du Sprechkanone! Ich bin wieder daheim. Wiederseh'n!“

Heiner huschte zur Tür des Wohnblocks Mechardtstraße Nummer vierundvierzig, um sich vor der „Sprechkanone“ in Sicherheit zu bringen.

„Wiederseh'n, Heinerle!“, tönte es hinter ihm her.

„Ach was!“, brummte er und knallte hinter sich die Tür zu. „Du fährst nur über meinen Schatten.“

Er musste grinsen. Plötzlich dachte er entsetzt: „Hoffentlich kommt die nicht an Frau Annas Postkasten vorbei! Da steht ja drauf: Anna N. Au weia ...“

22

Die Vokabel und ein armes Heinerle

Am nächsten Tag, einem Dienstag, erwachte Heiner viel früher als sonst. Er konnte nicht mehr einschlafen, eine bange Frage quälte ihn: Sollte er wirklich wieder zu Frau Anna gehen?

Am Vortag hatte sie von dem Zettel in ihrem Sparbuch erzählt. Wäre sie nicht plötzlich von Herrn Schrenkswalder unterbrochen worden, hätte sich Heiner die Geschichte von dem verschwundenen Sparbuch anhören müssen – seine eigene, dumme, peinliche Geschichte! Was würde Frau Anna wohl von ihm denken, wenn sie dahinterkam, dass er versucht hatte, ihr Geld abzuheben?

„Heiner! Ich geh' jetzt zur Arbeit!", ertönte aus dem Nebenraum die Stimme der Mutter. „Plag deine Freundin nicht allzu wild mit deiner Lernerei!"

„Hm", brummte Heiner nur. Er wälzte sich im Bett auf die andere Seite, blieb aber noch immer wach. Nach einer Viertelstunde stand er auf und trottete verschlafen ins Bad. Kurz vor neun Uhr trottete er – noch immer müde – durch die Elwitschgergasse. Ein paarmal sah er sich besorgt nach der „Sprechkanone" Else um.

Was wollte sie eigentlich von ihm? Nur herausfinden, ob er eine Freundin hatte und wie sie hieß?

„Wenn die wüsste, dass ich zu einer alten Frau gehe!", dachte Heiner. „Genau zu jener Frau, der ich beinahe den Rest ihres Sparbuchs stibitzt hätte!"

Vor dem Postkasten des Hauses Elwitschgergasse Nummer fünfunddreißig blieb Heiner kurz stehen.

Anna N. – Hier konnte man ja lesen, wen Else suchte! Zum Glück war das Namensschild so klein, dass man es leicht übersah.

„Guten Morgen, Heiner!", rief eine bekannte Stimme. Frau Anna kam auf dem Gartenweg daher. Sie humpelte nicht mehr so stark wie zuletzt und fragte: „Bewunderst du den Postkasten? Den hat noch mein

Loisl selber gebastelt. Stell dir vor: Da drin ist mein Sparbuch aufgetaucht – einen Tag, nachdem ich es verloren habe."

„Äh ... da drin?", stotterte Heiner.

„Ja." Frau Anna nickte und musterte Heiner mit Blicken, als erwarte sie, dass er ihr etwas Wichtiges sagen wolle.

„Ja ... äh ..." Heiner überlegte hastig. Auf einmal sprudelte er heraus: „Da steht ‚Anna N.' drauf. Wofür steht das ‚N'?"

„Das ‚N'? Für meinen Familiennamen." Frau Anna lächelte. „Hab' ich ihn dir noch gar nicht verraten?"

„Nein", antwortete Heiner schnell. Er war froh, dass er vom Sparbuch ablenken konnte. „Verraten Sie ihn jetzt?"

„Warum nicht?" Frau Anna schmunzelte wieder. „Das ‚N' steht für ‚Norbach'."

„Also *nicht* für Nichtinger?", wäre es Heiner beinahe herausgerutscht. Im letzten Augenblick konnte er sich noch ausbessern: „Also ni– ... äh ... Norbach?"

„Richtig", bestätigte Frau Anna. „Aber komm doch endlich herein! Und sag bitte nicht ‚Frau Norbach' zu mir. Für meine Nachbarn und meine Bekannten bin ich nur die Anna."

„Ja, also ... die Frau Anna", entgegnete Heiner. „So hat Sie vor ein paar Tagen auch der Bäckermeister genannt."

„Stimmt." Frau Anna lachte. „Aber komm jetzt herein, bevor die Vokabel in deiner Schultasche einrosten."

„Vokabel?" Heiner zögerte einen Augenblick. Plötzlich wusste er, wie er endgültig von dem verhängnisvollen Postkasten ablenken konnte. „Haben Sie jetzt ‚Vokabel' gesagt?", fragte er, während er eintrat. „‚Vokabel' und nicht ‚Voka*beln*'?"

„Ja. Voka*bel.*" Frau Anna nickte. „Aber keine Bange, das ist nicht falsch. Gewöhnlich heißt es ‚die Vokabel' – wenn es nur *eine* ist – und ‚die Voka*belnnn*', wenn es mehrere sind. In Österreich kann man aber auch sagen: *das* Vokabel; und wenn es mehrere sind, heißt es: die Vokabel. In diesem Fall gibt es also *zwei* gültige Lösungen."

„Ein Glück!", meinte Heiner.

„Ja. Es ist so wie auch bei anderen Dingen im Leben. Da gibt es oft *mehr* als nur eine einzige richtige Lösung. Zum Beispiel ..." Frau Anna hielt kurz inne und musterte Heiner abermals mit einem prüfenden Blick. „Zum Beispiel", fuhr sie langsam fort, „hat es für den Finder meines

Sparbuchs mehrere richtige Lösungen gegeben. Er hätte das Sparbuch zur Polizei bringen können. Oder zum Fundamt. Oder zum Besitzer – falls er ihn kannte. Was meinst du?“

„Äh ... ja ...“ Heiner wagte es nicht, der Sparbuchbesitzerin ins Gesicht zu schauen.

„Lass los, überlass es Gott“, sprach sie plötzlich weiter. „Genau das hab’ ich mir gedacht, als ich zu Hause gemerkt habe, dass das Sparbuch fort war. Für den Weg zum Fundamt wäre es schon zu spät gewesen. Außerdem hat mir mein rechter Fuß so wehgetan. Also: lass los ...“

„Hm“, murmelte Heiner. Er hoffte nur noch, dass er jetzt vor Verlegenheit nicht erröten würde. Merkte Frau Anna denn gar nichts?

„Wie viele Vokabel – oder Voka*belnnn* – willst du heute erledigen?“, fragte sie plötzlich.

„Äh ... sagen wir ... zwei ‚Lessons‘“, antwortete Heiner verwirrt.

„Einverstanden!“, rief Frau Anna.

Ihrem Ehrgeiz war es zu verdanken, dass sie *drei* „Lessons“, schafften. Der Entschluss, doch wieder zu ihr lernen zu gehen, hatte sich also gelohnt.

Auf dem Heimweg fing Heiner zu grübeln an.

„Irgendetwas scheint sie von der wirklichen Sparbuchgeschichte zu ahnen“, überlegte er. „Aber warum rückt sie damit nicht heraus?“

„Hallo, Heinerle!“

Else! Verflixt!

Heiner blieb stehen. Da kam auch schon ein langbeiniges Mädchen mit flatternden Haaren hinter ihm her gerannt.

„Wohin so eilig, Heinerle?“, fragte Else, nachdem sie Heiner eingeholt hatte.

„Ich heiße nicht Heinerle“, knurrte er.

„Warum denn nicht?“, erwiderte sie. „Dieser Name erinnert mich an den alten Schlager, in dem eine Mutter immer wieder ihr Kind trösten muss: ‚Heinerle, Heinerle, hab’ kein Geld.‘ Das klingt doch herzig. Oder?“

„Für mich nicht“, brummte Heiner.

„Wenn du meinst – dann sag’ ich eben nur Heiner zu dir.“ Else lächelte schelmisch. „Kommst du grad von deiner Freundin?“

„Nein“, knurrte Heiner wieder. „Was geht’s dich an, woher ich komme?“

„Oh! Viel!“ Else machte große Augen. „Vielleicht hast du *wirklich* keine Freundin. Dann könnt’ ich ja hoffen, dass *ich* deine Freundin werde.“

Heiner grinste und entgegnete: „Ich brauch’ keine, mach dir keine Hoffnungen! Außerdem hast du ja Vinzenz und Reinhold.“

„Ach ... äh ...“ Die „Sprechkanone“ schien plötzlich eine Ladehemmung zu haben. Nach einer kurzen Denkpause gestand sie: „Na schön, ich geb’s zu, ich kenne die zwei. Aber unter uns gesagt: Freunde sind das keine, eher große Angeber.“

„Da könntest du recht haben.“ Heiner schmunzelte. „Aber warum gehst du jetzt trotzdem zu ihnen?“

„Wieso? Geh’ ich jetzt zu ihnen?“

„Klar! Du gehst in die gleiche Richtung wie ich; und ich gehe heim, also in dieselbe Straße, in der auch deine zwei Freunde wohnen.“

„Ach!“ Die „Sprechkanone“ winkte ab und legte los: „Hast du das noch immer nicht kapiert: Ich begleite *dich*, weil du ein so netter Kerl bist. Und so witzig! Ich mag witzige Leute. Ehrlich! Drum wüsste ich auch gern, ob deine Freundin auch so witzig ist.“

„Meine Freundin?“ Heiner kniff die Augen zusammen, überlegte kurz und erwiderte listig: „Jaaa, die ist witzig, diese Freundin. So etwas Witziges gibt’s auf der ganzen Welt nicht. Und eben deshalb gibt’s für mich auf der ganzen Welt keine Freundin.“

„Täusch dich nicht!“, rief Else. „*Ich* kann sehr witzig sein. Aber ich kann auch bissig sein, wenn jemand mir gegenüber nicht ehrlich ist und ... wenn mir jemand beispielsweise den Namen von Freundinnen verheimlicht.“

„Ach du Schreck, bissig bist du auch!“ Heiner lachte. „Bissig und witzig ... was denn *noch* alles?“

„Hübsch – das hast du gestern *selber* angedeutet. Weiß du’s nicht mehr? Du hast mich gestern mit deinen hübschen Mondianerinnen verglichen. Oder gibt’s für dich nur *eine* Mondianerin? Wie heißt sie denn?“

Heiner überlegte kurz, schließlich gab er nach: „Also schön, den Namen hast du gestern ohnehin schon erraten.“

„Ah! Anna! Anna N. Die Anna Nichtinger!“ Else drohte schnippisch mit dem Zeigefinger. „Gestehe! Du hast mich angeschwindelt! Nichtinger – den Namen gibt’s überhaupt nicht.“

„Na schön, dann hab' ich dich eben angeschwindelt", erwiderte Heiner. Er grinste, weil er plötzlich die Gelegenheit sah, Else auf eine falsche Spur zu locken. Er ließ sie eine Weile zappeln, indem er schwieg. Zügig schritt er dahin, Elses harte Schuhsohlen klapperten laut.

„Du ..." Else keuchte schon. „... das ist aber gar nicht lieb von dir, dass du mich anschwindelst."

„Wieso? *Du* hast mich ja *auch* angeschwindelt", entgegnete Heiner. „Du hast zuerst so getan, als wären dir Vinzenz und Reinhold völlig unbekannt. Also schwindle ich dich jetzt auch an: Ich habe *wirklich* eine Freundin – eine wunderbare Freundin. Ich könnte dir sogar den Namen verraten."

„Dann tu's endlich!", sprudelte Else heraus.

Heiner überlegte hastig.

Sollte er es wagen? Gerade jetzt, wo er vom Schwindeln geschwafelt hatte?

„Sie heißt ..." Einen letzten Augenblick zögerte er noch. „Sie heißt ... Anna Norbach."

Else ließ sich überlisten. „Pah!", entgegnete sie ungläubig. „Norbach – was für ein Name! Gib's zu, den hast du nur erfunden!"

„Nein." Heiner schaute zu Boden und grinste.

„Du lachst ja! Du schwindelst!", rief Else. „Ich glaube dir kein Wort!"

„Ja, ja, ich bin eben kein guter Schwindler", schwindelte Heiner.

„Dann sag mir endlich den richtigen Namen deiner Freundin!", verlangte Else.

„Lieber nicht", lehnte Heiner ab. „Sonst müsste ich *wieder* schwindeln. Aber schau! Jetzt sage ich die Wahrheit: Dort vorn wohne ich. Das weißt du ja schon. Und ich habe eine Mutti. Das weiß du auch schon. Die wartet wahrscheinlich gerade auf mich. Ich will sie nicht warten lassen, drum laufe ich jetzt."

Er rannte los. Else keuchte hinterdrein und rief: „Wart! Ich renn' ja gern ein Stück mit dir. Aber verrat mir den *richtigen* Namen!"

„Soll ich wirklich?"

„Ja-a!" Der „Sprechkanone" ging die Luft aus.

„Also schön", entgegnete Heiner. „Bleiben wir bei Eulalia!"

„Nein!" Else musste trotz aller Anstrengung lachen. „Mit Eulalia hast du mich ja schon gestern angeschwindelt."

„Tut mir leid. Ich bin ein unverbesserlicher Schwindler. Auf Wiederseh'n!"

Lachend entwischte Heiner durch die Tür des Wohnblocks Mechardtstraße Nummer vierundvierzig. Das Lachen verging ihm, als ihn die Mutter mit den Worten empfing: „Sieh an, der Kuhhirt ist da! Oder soll ich lieber ‚Gänsehüter' sagen?"

„Wie bitte?" Heiner schaute verblüfft drein.

„Du hast gestern von einer blöden Kuh und einer blöden Gans geredet", stichelte die Mutter. „Und grad vorhin hast du sie wieder bis zur Haustür mitgeschleppt, im Laufschritt sogar. Ich hab' euch vom Fenster aus gesehen. Warum bringst du sie nicht endlich einmal herein und stellst sie mir vor?"

„Was? *Die* blöde Kuh?", platzte Heiner heraus. „Die rennt mir dauernd hinterher wie ein Schoßhund."

„Ein Schoßhund plötzlich! Grad war's noch eine Kuh. Und gestern sogar eine Gans." Die Mutter lachte. „Du willst wohl Tierpfleger werden."

„Ach!", rief Heiner gereizt. „Was kann *ich* dafür, wenn sie mich nicht in Ruhe lässt? Bestimmt haben Vinzenz und Reinhold sie auf mich gehetzt. – Weil *du* ihnen eingeredet hast, dass ich eine Freundin hätte!"

„Na und? Du *hast* ja eine", entgegnete die Mutter verschmitzt. „Du rennst fast jeden Tag zu ihr. Das muss eine tolle Freundin sein."

„Toll bist höchstens du selber", brummte Heiner. „Sag mir lieber: Was gibt's zum Futtern?"

„Zum *Futtern*!" Die Mutter schüttelte den Kopf. „Wie du redest! Ich sag's ja: Du wirst ein Tierpfleger."

„Wieso nicht?" Heiner kicherte. „Das ist ein anständiger Beruf."

„Stimmt", bestätigte die Mutter, während sie das „Futter" auf den Tisch stellte: Semmelknödel und Rotkraut.

Heiner langte tüchtig zu. Knödel und Kraut aß er gern. Da konnten ihm nicht einmal Muttis Hänseleien die Esslust verderben.

„Bevor ich's vergesse", sagte die Mutter, während sie einen Knödel zerteilte, „heute Abend muss ich dich wieder einmal allein lassen."

„Wieso? Hast du unverhofft Nachtdienst?", fragte Heiner kauend.

„Nein. Ich hab' Nachhilfe – sozusagen." Die Mutter schmunzelte.

„Nachhilfe? Du?" Heiner hielt verdutzt mit dem Kauen inne.

„Ich gehe zu Frau Seeberg, meiner Kollegin“, verriet die Mutter. „Keyboard lernen.“

„Keyboard?“

„Genau! Keyboard. Elektronisches Klavier. Elektronische Orgel. Elektronische Begleitung. Alles, was du willst! Wenn’s sein muss, ein ganzes Orchester. Ich freu’ mich schon! Vielleicht schaffe ich mir einmal selber ein Keyboard an.“

Begeistert schob sich die Mutter ein Stück Knödel in den Mund.

„Au weia“, erwiderte Heiner. „Hoffentlich kommst du dann nicht auf die Idee, das auch *ich* das Keyboardspielen lernen soll.“

„Du?“ Die Mutter grinste kauend. „Lern *du* erst einmal deine Englischvokabeln! Und Geographie.“

„Au weia!“ Heiner grinste ebenfalls.

23

Beichten!

Am Nachmittag merkte Heiner, dass er zu wenig geschlafen hatte. Was also tun? – Hinlegen! Er verschlief den ganzen Nachmittag.

Draußen fing es zu regnen an. „Schlafwetter", murmelte Heiner, als er erwachte. Er blieb liegen, bis die Mutter heimkam. Sie richtete gleich das Abendessen für sich und ihn – belegte Brote –, danach ging sie zu Frau Seeberg. Heiner wünschte einen „vergnüglichen Nachhilfeunterricht" und verzog sich ins Wohnzimmer. Er merkte nicht, dass seine Mutter im Stiegenhaus Vinzenz und Reinhold begegnete. Die beiden überfielen sie mit einer unerwarteten Frage. Sie wollten wissen, ob Heiner eine Freundin mit langen, schwarzen Haaren habe.

„Warum auch nicht?", entgegnete Heiners Mutter arglos. „Vorgestellt hat er sie mir zwar noch nicht. Aber ich glaube, sie kann gut Englisch. Lasst mich bitte vorbei, ich muss weiter!"

Die beiden Burschen traten zur Seite, Heiners Mutter eilte über die Stufen nach unten.

„Gut Englisch kann sie – das versteh' ich nicht", sagte Reinhold zu seinem Freund. „Mir hat Else erzählt, sie hätt' in Englisch einen Vierer im Zeugnis."

„Das ist immerhin eine gute Note für jemanden, der so wie Heiner einen Fünfer ausgefasst hat", meinte Vinzenz. „Aber du hast recht – mir passt es auch nicht, wie sich Else an ihn heranmacht. Gestern hat sie schon gesagt, er wär' ein ‚liebes Kerlchen'."

„Du wirst doch nicht eifersüchtig sein!", stichelte Reinhold.

„Red keinen Schmarren!", knurrte Vinzenz. „Ich lass' mir meine Freundin nicht ausspannen. Das Bübchen soll sich in Acht nehmen!"

Heiner ahnte nichts von solchen Drohungen. Er blätterte gerade hastig im Telefonbuch. Mit Schrecken war ihm eingefallen, dass Else dort den Namen Anna Norbach suchen könnte. Wenn die Telefonnummer eingetragen war, erfuhr Else auch, wo die „Freundin" wohnte. Das gab Ärger!

Erleichtert stellte Heiner fest, dass Frau Annas Name im Telefonbuch fehlte. Umso besser! Falls Else tatsächlich danach suchte und nichts fand, glaubte sie bestimmt, dass Heiner ihr einen falschen Namen gesagt hätte. Die List mit dem richtigen Namen, den Else für einen Schwindel hielt, war geglückt! Trotzdem beschloss Heiner, in Zukunft nicht auf denselben Straßen wie bisher zu Frau Anna zu gehen. Er musste verhindern, dass Else ihm dauernd in die Quere kam. Die „Sprechkanone“ war ihm nicht geheuer.

Gleich am nächsten Morgen wählte Heiner eine andere Strecke. Diesmal packte er auf Frau Annas Wunsch auch das Lehrbuch für Geographie in seine Schultasche. Unbehelligt erreichte er das Haus Elwitschgergasse Nummer fünfunddreißig.

Frau Anna plagte sich gerade mit schweren Brennholzkisten ab, die sie anders stapeln wollte, damit das Holz besser trocknete. Heiner lief sofort hin und nahm ihr die Arbeit ab. Danach wollte er gleich mit der nächsten „Lesson“ anfangen. Frau Anna war einverstanden. Sie schlug vor, diesmal im Freien zu lernen. Der Regen vom Vortag hatte die Luft angenehm abgekühlt. Also schleppte Heiner mit Frau Anna ihren kleinen Klapptisch und zwei Stühle unter den Schatten des Kirschbaums.

„Dieser Baum ist sauber abgeerntet“, meinte Frau Anna. „Wir können uns ruhig druntersetzen – da fällt uns kein faules Obst auf die Köpfe.“

Kurz darauf „streberten“ sie wieder, wie Heiner das nannte. Sie prüften sich gegenseitig ab, und Frau Anna „streberte“ so ehrgeizig, als wolle sie selber zu einer Englischprüfung antreten. Plante sie etwa insgeheim eine Reise nach Amerika zu ihrer Tochter und zur Enkelin? Dann musste sie freilich fleißig Englisch lernen; und wahrscheinlich noch lange sparen ...

Nach einer Viertelstunde wurden sie unterbrochen. Herr Schrenkswalder, der Nachbar, stand plötzlich beim Gartenzaun und grüßte freundlich: „Guten Morgen, Frau Anna! Lernen Sie wieder tüchtig mit ihrem Glücksbringer?“

„Wie Sie sehen! Guten Morgen!“, rief Frau Anna zurück. „Wir stellen den Weltrekord im Vokabelstrebern auf.“

„Aha! Lasst euch nicht stören!“ Herr Schrenkswalder lachte und ging wieder vom Zaun weg.

„Was hat der gemeint mit ... ‚Glücksbringer‘?“, fragte Heiner verwundert.

„Na was wohl?“ Frau Anna blickte Heiner schmunzelnd an. „Er hat gesehen, wie *du* mein Sparbuch in meinen Postkasten gesteckt hast.“

„Er ...“ Heiner zuckte erschrocken zusammen.

„Ja“, bestätigte Frau Anna. „Warum hast du mir nie verraten, dass *du* dieser – Glücksbringer für mich gewesen bist? Ich begreife noch immer nicht, wie du herausgefunden hast, dass es *mein* Sparbuch ist; und wo ich wohne.“

„Das ... d-das ...“ Heiner fing zu stottern an. „... das ist eine blöde Geschichte.“

„Ich hör mir gern Geschichten an. Erzähl nur!“, ermunterte Frau Anna ihren „Glücksbringer“.

Heiner schluckte, begann an der Unterlippe zu nagen und starrte unruhig auf seine Finger. Die zitterten schuldbewusst.

Was jetzt? Was tun? Etwas vorlügen?

Heiner fühlte sofort: Das geht nicht. Ein freches Mädchen wie Else anzuschwindeln war ein harmloser Spaß. Aber einen Menschen wie Frau Anna in einer ernsten Sache zu belügen – nein, das war einfach nicht anständig.

„Frau Anna“, murmelte Heiner betreten, „Sie werden ... Sie werden mich davonjagen, wenn ich Ihnen alles erzähle.“

„Davonjagen?“ Frau Anna schien zu begreifen. Hatte sie schon längst geahnt, dass Heiner ihr etwas Peinliches verschwieg? Sie lächelte wohlwollend und sagte: „Ja freilich werd’ ich dich davonjagen – zum Dank dafür, dass du den Kirschbaum abgeerntet hast; den Rasen gemäht hast; Brennholzkisten gestapelt hast – gerade vorhin; und vor allem auch dafür, dass du mir hilfst, meine Englischkenntnisse aufzufrischen. Erzähl nur, ich hör’ dir gern zu; notfalls wie der Pfarrer bei der Beichte.“

Au weh – Beichte!

Heiner seufzte. „Dann ... dann müssen Sie sich jetzt vorstellen, dass Sie *wirklich* ein Pfarrer wären ... und ... über alles schweigen.“

Frau Anna erwiderte nichts. Sie nickte nur. Ruhig saß sie da und wartete.

Heiner wagte nicht, ihr ins Gesicht zu schauen. Er starrte auf die Tischplatte, räusperte sich und fing zu berichten an: vom eher unfreiwilligen Spaziergang mit Vinzenz und Reinhold, die Heiner ins Kino verschleppen wollten; von der Beobachtung bei der Parkbank; vom Zwischenfall mit dem bellenden Hund, der Frau Anna erschreckt hatte ...

„Ja, ja, dieser Hund!“, schien sie zu denken. Sie seufzte nur leise und ließ Heiner weitererzählen: von der Einkaufstasche mit dem auffälligen dunkelblauen Band; von dem Büchelchen, das plötzlich aus der Tasche herausfiel; von der verhängnisvollen Aufforderung, es zu holen; und von Heiners Angst, sich dem „Befehl“ von Vinzenz zu widersetzen.

Heiner stockte kurz.

Diese unsinnige Angst davor, den beiden „Freunden“ seine Angst zu zeigen! Die war schuld daran, dass er das Sparbuch geholt hatte!

Heiner räusperte sich abermals und erzählte weiter – bis zu der unseligen Sache mit dem Losungswort; dem *vermeintlichen* Losungswort! Von da an wurde es schlimm für Heiner: Für das, was er *nun* getan hatte, konnte er die Schuld nicht mehr auf Vinzenz und Reinhold abschieben.

Frau Anna unterbrach ihn nicht. Als sie von Heiners Einfall erfuhr, mit Hilfe des „Losungsworts“ Geld vom Sparbuch abzuheben, huschte nur ein kurzes, säuerliches Lächeln über ihr Gesicht. Doch sie hörte weiterhin still zu.

Heiner sprach vor Verlegenheit immer leiser. Er stotterte sogar, als er seine Angst vor der Polizei zugab. Es wäre doch möglich gewesen, dass die Bankangestellte ihn durchschaut und die Polizei verständigt hatte!

Frau Anna unterbrach ihn noch immer nicht. Als Heiner beichtete, wie er das Sparbuch endlich in ihren Postkasten gesteckt hatte, seufzte sie.

„Siehst du“, sagte sie, „genau in diesem Augenblick bist du beobachtet worden. Von Herrn Schrenkswalder.“

„Au weia“, murmelte Heiner. Er wusste nicht, was er noch erzählen sollte, blickte wieder auf und meinte zerknirscht: „Und jetzt ... müssen Sie mich davonjagen ...“

Frau Anna konnte ein Lächeln nicht unterdrücken, obwohl sie entgegnete: „*Loben* darf man dich für das, was du in der Bank versucht hast, wirklich nicht.“

„Ich weiß ja ... ich war ein Tepp.“ Wieder starrte Heiner betreten vor sich hin. „Soll ich ... muss ich also gleich zusammenpacken und verschwinden?“

„Wenn du *das* tust, bist du wirklich ein Tepp.“ Frau Anna lächelte versöhnlich. „Du kannst mich ruhig anschauen. Ich sag’ dir was, Heiner: Auch wenn dich die ganze Sache in Angst und Schrecken versetzt hat – etwas Besseres hätte *mir* gar nicht passieren können, als dass ich dich durch diese absonderliche Sparbuchgeschichte kennenlernen sollte.“

„Wie-wieso?“ Heiner blickte erstaunt auf.

Frau Anna antwortete: „Dass du nach mir, der Sparbuchbesitzerin, *gesucht* hast, dass du mich gefunden hast, dass wir einander kennengelernt und einander geholfen haben – das kommt mir plötzlich vor wie ... eine Fügung von oben. Vielleicht hat das alles so kommen *sollen.*“

„Wieso?“

„Wenn das alles *nicht* geschehen wäre, hättest du dann für deine Wiederholungsprüfungen so viel gelernt wie bisher mit mir?“

„Äh ... wahrscheinlich noch nicht einmal eine Silbe.“

„Und was ist mit mir? Glaubst du, ich hätte ohne dich meine Kirschen ernten können? Mit meiner Fußverletzung?“

„Hm ... ich weiß nicht.“ Heiner zuckte mit den Schultern.

„Keine falsche Bescheidenheit!“, erwiderte Frau Anna. „Siehst du, dass diese ‚dumme Geschichte' für uns beide einen Sinn ergibt?"

„Äh ... ja ... so, wie *Sie* das auf einmal sehen ..."

„Glaub mir, ich sehe das richtig!" Frau Anna klopfte überzeugt auf den Tisch. „Drum machen wir beide weiter! Oder? Hast du mir, wie versprochen, dein Geographiebuch mitgebracht?"

„Äh ... ja", entgegnete Heiner, noch immer ein wenig verwirrt.

„Dann gib es mir, bitte! Mir ist gestern Abend ein Einfall gekommen, wie wir den Lehrstoff leichter schaffen könnten."

Heiner atmete erleichtert auf. Seine Achtung vor Frau Anna war plötzlich noch viel größer als schon vorher. Eilig zog er sein Geographiebuch aus der Schultasche heraus und legte es auf den Tisch. Frau Anna griff danach, fing zu blättern an und meinte: „Ui, das ist nicht gerade wenig! Lässt du es mir bitte da? Ich würde es mir gern genauer durchsehen."

„Einverstanden. Und ... was machen wir *jetzt*?"

„Jetzt?" Frau Anna schaute einen Augenblick in die Luft, dann wandte sie sich unternehmungslustig an Heiner: „Jetzt hängen wir noch eine klitzekleine ‚English-Lesson' an. Als uns Herr Schrenkswalder vorhin unterbrochen hat, waren wir gerade mit einer ‚Lesson' fertig. Geht's also wieder?"

„Es *muss* gehen!" Heiner konnte endlich wieder schmunzeln.

Etwa zwanzig Minuten später wollte Frau Anna Schluss machen. Sie hatte gemerkt, dass Heiner nicht ganz bei der Sache war, und schien manchmal auch selber mit den Gedanken woanders zu sein.

„Sag einmal", fragte sie, „hättest du auch dann versucht, Geld abzuheben, wenn es um eine viel höhere Summe gegangen wäre? Zum Beispiel um ein paar hundert Euro? Oder gar um ein paar tausend?"

Heiner biss sich auf die Unterlippe und starrte wieder einmal verlegen die Tischplatte an.

„Na ja ...", murmelte er, ohne aufzuschauen, „... das wäre viel zu auffällig gewesen. Ich hab' halt – blöd wie ich war – einfach einmal probieren wollen ... es wären ja nur ein paar Euro gewesen ... zugegeben – dafür hätten Sie ungefähr fünfzehn Liter Milch kaufen können. Ich hab' extra nachgerechnet."

„Brav gerechnet." Frau Anna lächelte, sprach aber gleich wieder ernst weiter: „Sei froh, dass das Losungswort falsch war! Wenn man dir dahintergekommen wäre, hättest du dich auf etwas gefasst machen können. Auch wenn man dir *nicht* auf die Schliche gekommen wäre, hättest du mit einem schlechten Gewissen weiterleben müssen. Du hast doch ein Gewissen, oder?"

„Jetzt gerade gar kein gutes", gestand Heiner. Zerknirscht schaute er auf und fragte: „Soll ich mich lieber doch nicht mehr bei Ihnen blicken lassen?"

Frau Anna schüttelte den Kopf und erwiderte: „Wir wollen es nicht übertreiben, Heiner. Wo wir doch schon so gut miteinander auskommen! Ich schlage vor, wir schieben heute Nachmittag eine Lernpause ein. Ich möchte mir ohnehin in aller Ruhe dein Geographiebuch durchsehen. Und wenn du magst, schaust du morgen wieder um neun Uhr vorbei. Einverstanden?"

„Äh ... ja", antwortete Heiner zögernd. „Nur schade, dass das Gras nicht so schnell wächst."

„Wieso? – Ach, du meinst, dass Gras über die Angelegenheit wachsen soll?"

„Nein." Heiner grinste. „Ich meine, dass ich dann morgen wieder Ihren Rasen mähen könnte – damit ich wenigstens etwas *Gescheites* tue."

Frau Anna lachte und entgegnete: „Du bist kein Hausknecht, der dauernd für mich schuften muss. Gönn dir ruhig eine Lernpause! Immerhin hast du Ferien."

24

Eine Drohung?

„Peinlich, peinlich das Ganze! Und doch gut, dass es vorbei ist!“, dachte Heiner auf dem Heimweg. „Was Frau Anna jetzt wohl von mir hält? Es ist bestimmt kein Zufall, dass sie mich heute Nachmittag nicht bei sich haben will. Vielleicht überlegt sie sich doch noch alles anders und lässt mich nicht mehr hinkommen. – Obwohl wir zuletzt gelernt haben wie Weltmeister!“

Heiner versuchte nachzurechnen, wie viele Stunden er bisher mit Frau Anna verbracht hatte. Plötzlich fiel ihm mit Schrecken ein: Was würden Vinzenz und Reinhold sagen, wenn sie herausfanden, dass Heiner schon so oft bei jener alten Frau gewesen war, auf deren Sparbuch sie es vor kurzem abgesehen hatten?

„Diese verzwickte Geschichte ist noch lange nicht ausgestanden“, dachte Heiner beunruhigt; und keine fünf Sekunden später huschte es ihm durch den Kopf:

„Spricht man vom Narr'n,
kommt er gleich g'fahr'n.
Vinzenz!“

Vinzenz näherte sich mit dem Fahrrad. Er lenkte es an den Straßenrand, blieb vor Heiner stehen und sagte giftig: „Gut, dass ich dich treffe!“

„Was ist denn?“ Heiner ahnte Schlimmes.

„Ich muss dir nur etwas sagen.“ Vinzenz kniff die Augen zusammen. „Lass gefälligst Else in Ruhe!“

„Else?“ Heiner runzelte die Stirn, dann platzte er heraus: „Die soll gefälligst *mich* in Ruhe lassen! Dauernd quatscht sie mich mitten auf der Straße an!“

„Ja, ja – und es gefällt dir wohl, wenn du mit ihr allerlei Scherze treibst – zum Beispiel mit Namen“, entgegnete Vinzenz vorwurfsvoll. „Ich weiß genau Bescheid, mein Lieber! Und ich rate dir: Nimm dich in Acht!“

Bevor Heiner etwas erwidern konnte, radelte Vinzenz weiter.

„Spinnt der?“ Erschrocken starrte Heiner hinter ihm her. Doch Vinzenz drehte sich nicht mehr um.

Was hatte das zu bedeuten? Die „Sprechkanone“ Else rannte Heiner dauernd nach und wollte jedes Mal den Namen seiner Freundin wissen, obwohl es eine solche gar nicht gab ...

Immerhin – zuletzt hatte sich Heiner mit Else einen Jux erlaubt. Er hatte mit ihr herumgeblödelt wie mit einer guten Bekannten, hatte sie angeschwindelt und sogar hereingelegt ...

War es *das*, was Vinzenz störte? Oder war er etwa – *eifersüchtig*?

„Du liebe Zeit! Was sind das heuer für Sommerferien?“, dachte Heiner seufzend. „Wenn *die* vorbei sind, brauch’ ich *noch einmal* Ferien.“

Missmutig setzte er seinen Heimweg fort.

Nach dem Mittagessen, das er sich diesmal wieder selber richten musste, legte er sich aufs Bett und grübelte über den Vormittag nach. Lange hielt er es in der Wohnung nicht aus, er musste ins Freie. Eine Weile streifte er ziellos durch Straßen und Gassen, dann zog es ihn zum Auwald am Rand der Stadt hin.

Die Ruhe des Waldes tat ihm gut: kein Autogehupe, kein Motorradgeknatter; keine Radfahrer, die den Gehsteig unsicher machten; auch keine Fußgänger, die einen fast niederrannten, weil sie unablässig auf ihre elektronischen Brettchen starrten und in den Ohren Stöpsel hatten.

Heiner setzte sich in den Schatten hoher Büsche am Ufer des Flusses. Das Wasser schimmerte in einer beruhigenden, blaugrünen Färbung. Heiner kannte es auch anders: Beim letzten Hochwasser hatte sich der Fluss als bedrohliche, gelbbraune Masse herangewälzt, auf der sogar Äste und ganze Bäume dahergetrieben waren! Diesmal schienen die Wellen das Gegenteil zu sein: freundliche Reisende, die mit leisem Plätschern grüßen und eilig vorbeiziehen.

Heiner konnte es nicht lassen – er musste von einem Busch ein Ästchen abbrechen und es aufs Wasser werfen. Das hatte er schon als kleines Kind gern getan. Belustigt schaute er hinterher, wie das Ästchen auf den Wellen davonschaukelte. Gleich darauf schickte er ein zweites nach und wenige Augenblicke später ein drittes.

„Kindische Spielerei“, dachte er grinsend – und doch empfand er es als angenehm entspannend. Es war einfach schön, hier im Schatten zu sitzen und auf das Wasser zu blicken, für das es nur eines gab: fließen, fließen, fließen. Die Wellen kannten keinen Kummer, keine Pflichten; auch keine Ängste – weder vor Prüfungen noch vor Drohungen von zwielichtigen „Freunden“ wie Vinzenz ...

Heiner wünschte plötzlich, er wäre Vinzenz und Reinhold nie begegnet. Echte Freunde – wie er gehofft hatte – waren sie nicht geworden. Die beiden hielten ihn anscheinend nur für ein harmloses Nachbarsbürschchen, das sich herumkommandieren lässt. Doch was nützte das Heiner? Da konnte er sich ja gleich mit der „Sprechkanone“ Else anfreunden! Die war wenigstens witzig.

Auch unter den Mitschülern hatte Heiner keine richtigen Freunde. Die wenigen, mit denen er sich gut verstand, wohnten auswärts oder verbrachten gerade mit den Eltern den Sommerurlaub. So gesehen war es für Heiner tatsächlich ein Glücksfall, dass er Frau Anna begegnet war – genauer gesagt: dass er sie gesucht und auch gefunden hatte. Lieber drei Stunden mit ihr Vokabeln „strebern“ als sich von Vinzenz und Reinhold hänseln lassen ...

Aber es war wohl mehr, als dass Heiner durch Frau Anna nur seine Lernfaulheit bezwang. Wenn er dieser alten Frau half, zum Beispiel im Garten, dann hatte er das Gefühl, etwas Besonderes zu sein: jemand, der etwas *kann* und *gebraucht* wird; und dafür *Anerkennung* findet.

„Das muss wohl das Allerwichtigste im Leben sein“, überlegte Heiner. „Man wird gebraucht, weil man etwas kann; und dafür bekommt man Anerkennung; und einen Lohn. So ist’s auch bei Mutti: Sie kann verletzten und kranken Menschen helfen; und die sind ihr alle dankbar. Wer wird einmal *mir* dankbar sein? Und wofür?“

Heiner hatte darüber bisher wenig nachgedacht. Und doch musste er sich nach dem einen Schuljahr, das ihm noch bevorstand, entscheiden, wie es weitergehen sollte: noch länger zur Schule oder eine Lehre?

Heiner wusste es nicht. Wenn es nach dem ging, was er zuletzt für Frau Anna getan hatte, dann müsste er wohl Gärtner oder etwas Ähnliches werden. Die Mutter sähe es lieber, wenn er eine technische oder eine kaufmännische Schule schaffen könnte. Der Vater hatte Heiner einmal gehänselt: „Diesen faulen Knaben schicken wir in eine Baumschule. Dort muss er nur dasselbe tun wie Bäume: wachsen.“

„Manchmal kommt mir vor, keiner nimmt mich ernst“, dachte Heiner seufzend. „Sogar Mutti macht sich oft über mich lustig. Vor allem seit ich Frau Anna begegnet bin.“

Heiner täuschte sich nicht, leider. Noch am selben Abend neckte ihn die Mutti, indem sie fragte, wie es ihm mit seiner „schwarzhaarigen Nachhilfe-Freundin“ ergangen sei.

„Hör endlich auf mit dem blöden Freundin-Gerede!“, fauchte Heiner. „Die Frau Anna hat *graue* Haare! Und sie ist einundsiebzig Jahre alt.“

„Nicht sieb*zehn*? Wollen wir wetten?“, forderte ihn die Mutti heraus.

„Pfeif drauf!“, knurrte Heiner. Er wettete nicht; und das war gut so.

25

Glücksbringer

„Donnerstag – aber kein Donnerwetter in Sicht“, dachte Heiner, als er am folgenden Morgen mit unruhigem Gewissen in die Elwitschgergasse einbog. „Hoffentlich gibt’s kein Donnerwetter bei Frau Anna – indem sie mir sagt, sie habe es sich überlegt und wolle mit mir nichts mehr zu tun haben.“

Würde die bisher so liebenswürdige alte Frau tatsächlich so hart sein? Das passte nicht zu ihr! Trotzdem – seit dem Geständnis am Vortag war zwischen Heiner und ihr plötzlich alles anders. Er hatte immerhin etwas versucht, das vor dem Gesetz als strafbar galt ...

Nach Strafe hörte sich das nicht an, was Frau Anna zu ihm sagte, als sie ihm die Haustür öffnete: „Guten Morgen! Mein Glücksbringer ist da!“

„Ach, sagen Sie das bitte nicht!“, bat Heiner, nachdem er den freundlichen Gruß erwidert hatte.

„Warum nicht?“, entgegnete Frau Anna. „Herr Schrenkswalder sagt es ja auch.“

„Ja. Aber wenn er wüsste ...“, wandte Heiner ein, doch Frau Anna unterbrach ihn: „Das, was nur wir zwei wissen, soll er nie erfahren. Du weißt ja, was für Beichten gilt: strenges Beichtgeheimnis! Und ich kann schweigen wie ein Pfarrer.“

„Danke“, murmelte Heiner verlegen.

Frau Anna schickte ihn voraus zum Klapptisch unterm Kirschbaum und kehrte zurück ins Haus. Eine Minute später kam sie nach, setzte sich zu Heiner und legte einen Bleistift, eine Liste und einen Stapel aus kleinen Karten auf den Tisch. Nebenbei sagte sie schmunzelnd: „So, mein lieber, junger Glücksbringer! Heut’ hab’ ich keine Lust zum Lernen. Heute spielen wir zwei ein paar Runden Karten.“

„Karten?“ Heiner schaute verdutzt drein.

„Richtig“, bestätigte Frau Anna. „Die habe ich gestern Nachmittag gebastelt. Wir fangen gleich mit der ersten Runde an. Pass auf: Vorlesen! Antworten!“

Patsch! Sie klatschte das erste Kärtchen auf den Tisch. Heiner guckte es verwundert an und begann zu lesen: „Aus wie vielen Bundesstaaten bestehen die Vereinigten Staaten von Amerika?“

„Sag die Antwort, bitte!“, forderte ihn Frau Anna auf, als er sie verwirrt ansah.

„Äh ... soll das die Vorbereitung für meine Geographieprüfung im Herbst sein?“ , fragte Heiner.

„Neiiin, das ist *bloß* ein Spiel“, entgegnete Frau Anna schmunzelnd. „Also bitte, die Antwort!“

„Aus wie vielen Bundesstaaten ... äh ... ich weiß nur, dass ich das wissen *sollte*“, gestand Heiner.

„Oje, dann gibt’s in der ersten Runde für diese Frage leider ein Minus.“ Frau Anna schrieb auf ihre Liste einen Vermerk und forderte Heiner auf, das Kärtchen umzudrehen. Er tat es. Auf der Rückseite stand in riesigen Ziffern die Zahl Fünfzig.

„Ach ja! *Fünfzig* Bundesstaaten! Ohnehin leicht zu merken. Ich Rindvieh!“ Heiner klopfte sich auf die Stirn.

Frau Anna drehte die Karte wieder um, legte eine andere vom Kartenstapel dazu und rief zum zweiten Mal: „Vorlesen! Antworten!“

Heiner räusperte sich und fing an: „Wie heißt die Hauptstadt der USA? – Ah, New York, oder? – Äh ... nein, stimmt nicht. Es ist ... Dings ... äh ... Washington. Oder?“

„Uijuijui, das geht ein bisschen durcheinander“, meinte Frau Anna. Wieder ließ sie Heiner das Kärtchen umdrehen. Auf der Rückseite stand geschrieben: Washington.

„Zuerst hast du leider falsch geantwortet. Dafür gibt’s nur ein Minus-Plus“, urteilte Frau Anna. Sie drehte auch dieses Kärtchen um und legte das nächste daneben.

„Oje, ich seh’ schon, das wird heute ein Geographie-Vormittag“, seufzte Heiner.

„Nicht seufzen! Vorlesen und antworten, bitte!“, befahl Frau Anna grinsend.

Auch diesmal wusste Heiner nicht die richtige Antwort, sodass Frau Anna auf die Frageliste ein Minus schrieb. Es dauerte lange, bis sie zum ersten Mal nicht bloß ein „Minus-Plus“ vermerken konnte, sondern ein

„echtes Plus“, wie sie sagte. Zuletzt war fast die gesamte Tischplatte voll mit Kärtchen.

„Jö!“, staunte Heiner. „Was haben Sie sich gestern Nachmittag für eine Mordsarbeit angetan? So viele Fragen! Und so viele Kärtchen!“

„Ja, ja, mein lieber, junger Glücksbringer, die Kärtchen sollen *dir* Glück bringen – bei deiner Wiederholungsprüfung.“ Frau Anna nickte heftig. „Bist du bereit für die zweite Runde?“

„Muss ich wohl. Wozu sonst haben Sie sich so viel Mühe mit den Karten gemacht?“, entgegnete Heiner.

Frau Anna lächelte und fing an, mit der rechten Hand über den Kärtchen zu kreisen – wie ein Adler, der sich zum Sturzflug auf die Beute bereit macht. Und genauso plötzlich huschte die Hand nach unten auf eines der Kärtchen.

„Vorlesen! Antworten!“, hieß es wieder.

So ging das „Kartenspiel“ weiter, bis Frau Anna jubelte: „Bravo! Doppelplus! Bei dieser Frage hast du vorhin schon ein Plus erhalten. Deine Antwort stimmt zum zweiten Mal, also gibt’s ein Doppelplus. Und dieses Kärtchen kommt aus dem Spiel heraus. Ich stecke es in meine Schürzentasche.“

Bei der nächsten „Runde“ schaffte Heiner zusätzliche „Doppelplusse“, sodass bald immer mehr Kärtchen in Frau Annas Schürzentasche verschwanden. Nach ein paar weiteren „Runden“ war die Tischplatte leer – Heiner hatte jede Frage zweimal richtig beantwortet.

„Fertig!“, jubelte er.

„Nix fertig!“, widersprach Frau Anna. „Jetzt kommt der Rollentausch: *Ich* muss antworten und *du* darfst Minus und Plus eintragen.“

„Haha!“, lachte Heiner. „*Her* mit der Liste und dem Bleistift! Und mit den Karten!“

Doch bald stöhnte er: „Immer nur Plus! Wie schaffen Sie das? Bei mir hat es drei Ewigkeiten bis zum ersten Plus gedauert.“

„Na ja, ich habe schon beim Schreiben der Liste und der Kärtchen mitgelernt; und jetzt beim Prüfen wieder“, entgegnete Frau Anna. „Wenn du willst, kannst du für das nächste Kapitel aus dem Geographiebuch selber die Fragen zusammenstellen; und die Kärtchen basteln. Dann komme *ich* zuerst zum Beantworten dran. Du wirst sehen: Bei mir dauert es mindestens *fünf* Ewigkeiten bis zum ersten Plus.“

Heiner lachte wieder und versprach, er wolle gleich am Nachmittag die neuen Fragen samt den Kärtchen vorbereiten.

Frau Anna stand auf und holte aus dem Kühlschrank Apfelsaft für sich und Heiner. Während sie sich damit erfrischten, plauderten sie miteinander – geradeso als wäre die verhängnisvolle Sparbuchgeschichte nie geschehen.

„Wenn wir so weitermachen mit den Fragekärtchen und mit den ‚English-Lessons', dann kann bei den Wiederholungsprüfungen nichts danebengehen", meinte Heiner. Verlegen fügte er hinzu: „Herr Schrenkswalder irrt sich: Nicht *ich* bin ein ‚Glücksbringer' für *Sie*, sondern *Sie* sind einer für *mich*. Und ... ich weiß gar nicht, wie ich dafür danken soll ..."

„Aber Heiner!", rief Frau Anna lächelnd aus. „Mach dir darüber keine Sorgen! Wir sind einfach *beide füreinander* Glücksbringer. Einverstanden?"

Heiner nickte und schmunzelte.

26

My young friend ...

Leicht fiel es Heiner wirklich nicht, als er nach dem Mittagessen – trotz verlockenden Sommerwetters – im Wohnzimmer blieb. Aber er hatte sich entschlossen, Frau Anna um nichts nachzustehen. Er *wollte* das „Kartenspiel“ zum nächsten Kapitel aus dem Geographiebuch zusammenstellen!

Mexiko war an der Reihe. Das Einzige, was Heiner noch von diesem Land wusste, war der ungewöhnliche Name eines Berges: Citlaltépetl. Heiner machte daraus die erste Frage: Wie heißt der höchste Berg Mexikos? Bei der Antwort vermerkte er auch gleich die Höhe: Citlaltépetl, 5700 Meter.

„Das wär' ein Spaß, wenn ich bei der Wiederholungsprüfung genau diese Frage bekäme“, dachte Heiner.

Nicht gerade ein Spaß war es für ihn, den Lehrstoff zu Mexiko auf einzelne Fragen zu verteilen und sich zu jeder Frage die richtige Antwort aufzuschreiben. Frage und Antwort – beides brauchte er für die Kärtchen. – Ach je, diese Kärtchen! Die musste er zuerst alle aufzeichnen und ausschneiden, dann auf der Vorder- und Rückseite beschriften. Je länger er dabeisaß, desto mehr bewunderte er Frau Anna. Die hatte das zum viel umfangreicheren Kapitel über die USA geschafft!

Ein paarmal war Heiner nahe daran, die Arbeit aufzugeben. Das ging alles so zäh! Aber er wollte Frau Anna gegenüber nicht als Versager dastehen, der mitten in der Arbeit schlappmacht und nichts fertigbringt. Schlappgemacht hatte er ja auch nicht beim Kirschenpflücken, obwohl er sich anfangs auf der hohen Leiter nicht gerade wohl gefühlt hatte.

Er hielt tatsächlich durch. Und der Lohn dafür? – Ein uriges „Uijuijui!“ von Frau Anna, als er ihr am nächsten Morgen die fertigen Karten samt der Fragenliste zeigte! Das „Kartenspiel“ konnte beginnen.

Heiner fing als Prüfer an. Frau Anna brauchte drei „Runden“, bis sie das erste „Doppelplus“ schaffte, sodass Heiner die betreffende Karte vom Tisch nehmen konnte. Er legte sie in einen alten Blechtopf.

Beim Rollentausch stellte sich heraus, dass Frau Anna recht gehabt hatte: Diesmal war Heiner der Schnellere. Er hatte sich schon durch das Zusammenstellen der Fragen und durchs Prüfen so viel gemerkt, dass er bereits nach der dritten „Runde" fertig wurde. Auch die letzte übrig gebliebene Karte landete nach einem „Doppelplus" im Blechtopf.

„Heinerle, du bist ein Prachtkerl!", rutschte es Frau Anna heraus, und zu seiner Verblüffung empfand er dieses „Heinerle" überhaupt nicht als spöttisch, sondern als das allerhöchste und allerliebste Lob.

„Das nächste Mal können wir die Reihenfolge beim Prüfen umkehren", schlug er vor. „Dann sind *Sie* wieder die große Fragemeisterin."

„Ja – aber nur wenn *ich* die Fragen zusammenstellen darf", entgegnete Frau Anna. „Leihst du mir dein Geographiebuch übers Wochenende?"

„Gern." Heiner grinste. „Dann muss ich wenigstens nichts lernen; weil ich ohne Buch gar nicht lernen kann."

Frau Anna hielt Wort; und so konnte am folgenden Montag das Fragespiel mit „Teil drei, Kanada" fortgesetzt werden. Vorher aber ließ Heiner es sich nicht nehmen, Frau Annas Blumen- und Gemüsebeete zu gießen.

Nach dem Fragespiel erfrischten sich die beiden Spieler wieder mit Apfelsaft. Heiner wagte es, einen außergewöhnlichen Vorschlag zu machen: Als Vorbereitung für seine Englischprüfung wollte er helfen, einen *englischen* Brief an Birgit und die „kleine Ann" zu verfassen.

„Einverstanden!", rief Frau Anna unternehmungslustig. „Ich entwerfe zuerst eine deutsche Vorlage, und du hilfst mir beim Übersetzen."

„Genau!", ereiferte sich Heiner. „Wir schreiben den beiden, dass sie noch in *diesen* Sommerferien hierher auf Urlaub kommen sollen – weil *ich* sie unbedingt kennenlernen möchte."

Gleich am nächsten Tag setzten sich Heiner und seine „Nachhilfelehrerin" wieder unter den Kirschbaum und tüftelten an der Übersetzung. Frau Anna erwähnte im deutschen Entwurf tatsächlich ihren „jungen Freund Heiner", der sich freuen würde, Birgit und Ann zu sehen. Als Übersetzung für „mein junger Freund Heiner" wollte Frau Anna schreiben: „my young friend Henry".

„Henry? Ich heiß' aber *Heiner*!", wandte Heiner verdutzt ein. „Müssen wir meinen Namen wirklich übersetzen?"

„Nein, natürlich nicht", beruhigte ihn Frau Anna. „Wir schreiben also: ‚My young friend *Heiner* would be very glad to see you. Please come!‘“

„Das ist gut! Jetzt *müssen* sie kommen!“, platzte Heiner heraus.

„Ach, Heiner!“ Frau Anna seufzte und lächelte säuerlich. „Was glaubst du, wie oft ich die beiden schon eingeladen habe, dass sie kommen sollen! Jedes Mal vergeblich ...“

„Frau Anna, lernen Sie deswegen Englisch mit mir, damit Sie selber nach Amerika reisen können?“, fragte Heiner zögernd.

„Daran habe ich schon gedacht“, gestand Frau Anna. „Aber so eine Reise kostet viel Geld, und ich habe gerade erst eine Menge für die Dachreparatur gezahlt. Außerdem will ich in meinem Alter nicht mehr allein in der Welt herumkutschieren. Wer passt mir denn in der Zwischenzeit aufs Haus auf? Und ... ja ... da wäre *noch* etwas ...“

„Noch etwas?“, wiederholte Heiner verwundert. Frau Anna zögerte, bevor sie Heiner einen Kindheitswunsch anvertraute: Sie wollte schon immer ein Musikinstrument spielen lernen und sparte auf ein Klavier. Die unverhoffte Kaminreparatur hatte aber alle Sparpläne durcheinandergebracht.

„Au weh, das versteh’ ich“, sagte Heiner, und Frau Anna tat ihm leid. Er starrte ratlos vor sich hin. Auf einmal sprudelte er heraus: „Kaufen Sie sich ein Keyboard! Keyboards sind nicht so teuer wie Klaviere!“

„Ein Keyboard?“ Frau Anna blickte Heiner verwirrt an. Da erzählte er ihr sofort, wie begeistert seine Mutti vom Keyboard ihrer Arbeitskollegin war.

„Das Ding hat Anschlagdynamik!“, erklärte er aufgeregt. „Je fester man auf die Tasten drückt, desto lauter erklingt der Ton – genau wie bei einem richtigen Klavier. Außerdem kann man mit dem Keyboard mehrere Instrumente *gleichzeitig* nachahmen.“

„Wirklich?“ Frau Anna horchte erstaunt auf. Doch sie seufzte und erwiderte: „Na ja ... ich muss sowieso erst eine Weile sparen.“

Anscheinend wollte sie nicht mehr über ihren Kindheitswunsch reden. Sie fertigte eine Reinschrift des englischen Briefs an und bat Heiner, ihn auf dem Heimweg zum Postamt zu bringen. Das Geld für Briefmarken gab sie ihrem „young friend“ ohneweiters mit. Heiner staunte über dieses Vertrauen und beeilte sich. Je früher der Brief in Amerika ankam, desto besser!

Noch hatte Heiner das Postamt nicht erreicht, da rief hinter ihm eine bekannte, helle Stimme: „Heinerle! Wart!“

„Schon wieder Else!“, dachte Heiner missmutig. „Und wieder Heinerle! Wenn jemand ‚Heinerle‘ zu mir sagen darf, dann nur Frau Anna!“

Elses „Heinerle“ hatte gar nicht spöttisch geklungen. Mit langen Schritten eilte sie herbei, grüßte freundlich und fragte, wohin er gehe.

„Zum Postamt“, antwortete er wahrheitsgemäß, aber missmutig. Augenblicklich war ihm eingefallen, wie Vinzenz ihm gedroht hatte. Wenn *der* plötzlich auftauchte ...

Heiner hielt es für besser, Else sofort aufzuklären. Darum fragte er geradeheraus: „Hat Vinzenz dir auch gedroht?“

„Gedroht? Mir?“ Else kniff misstrauisch die Augen zusammen.

„Mir *hat* er gedroht“, verriet Heiner. „Ich soll *dich* in Ruhe lassen. Also ist es gescheiter, wenn du dich gleich wieder von mir verabschiedest.“

„Wie bitte?“ Else lachte plötzlich verächtlich auf. „Was bildet der sich ein? Willst du wissen, was er mir gerade vorhin geschenkt hat?“

Heiner war nicht neugierig darauf, doch Else blieb stehen und rief: „Schau her!“

Heiner blieb ebenfalls stehen und sah, wie sie aus der Hosentasche ein Päckchen herauszog.

„Da!“, schimpfte sie. „Das hat er mir geschenkt – genauer gesagt: aufgedrängt. Eine Schachtel Zigaretten! Was soll ich damit? Willst *du* sie haben?“

„Ich?“ Diesmal kniff *Heiner* misstrauisch die Augen zusammen. „Was soll ich mit dem Mist? Meine Mutter ist Krankenschwester, ihr glaub’ ich, wenn sie sagt, dass das Mist ist.“

„Mist, stimmt“, bestätigte Else. „Vinzenz kommt sich damit stark vor. In Wirklichkeit ist er nur ein Angeber. Und obendrein ein Schwachkopf, der auf die Werbung der Zigarettenmacher hereinfällt. Welcher gescheite Mensch lässt sich Gift andrehen? Ich nicht.“

„Warum schleppst du das Zeug trotzdem mit dir herum?“, fragte Heiner.

„Das wirst du bald sehen“, antwortete Else. „Ich begleite dich bis zum nächsten Mistkübel, und dort wird dieser Mist vernichtet.“

„Gute Idee“, meinte Heiner; und mit Freuden stellte er fest, dass keine dreißig Meter weit entfernt neben einem Alleebaum ein Abfallkorb geradezu lauerte.

„Schau, du kannst mit dem ‚Vernichten', wie du sagst, gleich anfangen", schlug Heiner vor.

Else machte ernst. Kaum hatten sie den Abfallkorb erreicht, sagte sie: „Jetzt pass auf! Damit niemand in Versuchung geführt wird, zeige ich dir etwas."

Sie bat Heiner, die Packung zu halten. Dann zog sie eine Zigarette nach der anderen heraus und zerknüllte sie, sodass von der ursprünglichen Form kaum noch etwas zu erkennen war. Der erbärmliche Rest landete jedes Mal im Abfallkorb. Zuletzt warf Else die leere Schachtel hinterher. Heiner staunte.

„So geht das!" Else rieb sich die Hände, als wären sie schmutzig geworden. „Und damit du nicht fürchten musst, dass Vinzenz uns zwei heimlich beobachtet, verabschiede ich mich jetzt von dir. Wiederseh'n, Heinerle!"

Mit einem Ruck wandte sie sich ab und marschierte in dieselbe Richtung zurück, aus der sie gerade gekommen war.

„Wiederseh'n", murmelte Heiner verblüfft. In Gedanken fügte er hinzu: „Die traut sich was! Das gefällt mir."

Gut gelaunt ging er allein zum Postamt weiter. Er ahnte nicht, dass der Brief zu spät beim Empfänger eintreffen würde.

27

Drahtseil!

„Das könnte die reinste Geographie-Woche werden", überlegte Heiner, als er vom Postamt nach Hause ging. Er täuschte sich nicht. Von nun an stellte er, mit Frau Anna abwechselnd, nachmittags jeweils ein weiteres „Fragespiel" zusammen. Am folgenden Vormittag „spielten" sie es gemeinsam, das heißt, sie prüften sich gegenseitig ab. Dabei versuchten sie einander zu übertreffen und möglichst schnell für alle Fragen ein „Doppelplus" zu ergattern.

„Juchhu! Ich hab' den Tisch leer geräumt!", jubelte Frau Anna, als sie wieder einmal die letzte übrig gebliebene Frage richtig beantwortet hatte und Heiner die dazugehörige Karte vom Tisch nehmen konnte.

„Das Spiel ist gut", meinte Heiner. „Da wird das Lernen spannend wie ein Wettkampf."

„Ja, ja. Aber müde macht es auch. Und durstig", entgegnete Frau Anna, während sie aufstand, um etwas zu trinken zu holen. Sie brachte wieder ihren guten Apfelsaft und schenkte für sich und ihren Gast je ein Glas ein. Dann setzte sie sich und plauderte mit Heiner. Sie erzählte, wie sie angefangen hatte, mit ihrem „Loisl" für ein eigenes Haus zu sparen, und wie sie trotz aller Schwierigkeiten mit dem Bau begonnen hatten.

„Das war ein echtes Wagnis", sagte sie. „Der Loisl hat ja nicht umwerfend viel Geld verdient; und ich hab' gar nichts verdient, weil ich nicht arbeiten gegangen, sondern lieber bei der kleinen Birgit geblieben bin. Wir haben fleißig gespart und auf vieles verzichtet. Oft habe ich an den Spruch meines alten Volksschullehrers denken müssen: ‚Verzweifelt nie in schweren Stunden, dann können sie – gerade *sie* – der Weg zum Glück sein.' Und du siehst ja, Heiner: Das Haus ist fertig geworden. Wir haben dafür nicht einmal Schulden machen müssen, wie es heutzutage viele andere Leute tun. Ja, ja – verzweifelt nie in schweren Stunden ..."

Wenige Tage später, an einem Freitag, schien Frau Anna am Verzweifeln zu sein, ganz schlimm! Als sie Heiner am Morgen die Haustür öffnete, machte sie ein Gesicht, als müsse sie gleich weinen.

„Heiner! Wie gut, dass du da bist!“, rief sie mit schmerzverzerrter Miene. „Komm bitte herein!“

Heiner folgte ihr ins Haus und merkte, dass sie arg humpelte. Sie bat ihn, sich an den Küchentisch zu setzen, ließ sich ebenfalls stöhnend auf einem Stuhl nieder und klagte: „Heiner, heute muss *ich* beichten. Ich hab’ eine Riesendummheit gemacht.“

„Haben Sie sich am Fuß verletzt?“, fragte Heiner.

„Ach ja, ich hab’ ihn mir gestern Abend wieder verknackst“, seufzte Frau Anna. „Wieder dieselbe Stelle. Es tut grauslich weh, aber ich hab’ noch genug Salbe und brauche keinen Arzt. Das Dumme ist nur: Ich müsste dringend zur Bank.“

„Zur Bank?“ Heiner staunte.

„Ja, zur Bank“, wiederholte Frau Anna. „Vor kurzem hab’ ich nämlich etwas Dummes gemacht.“

„Ja *was* denn?“, wollte Heiner endlich wissen.

„Du weißt ja ... die Sache mit dem Klavier ...“ Frau Anna hielt inne.

„Haben Sie sich also *doch* eines gekauft?“, platzte Heiner heraus, als ihm Frau Annas großer Kindheitswunsch einfiel.

„Nein ...“, stammelte sie, „... das heißt .. *angeschaut* hab’ ich mir eines ... aber auch die Keyboards ...“

„Keyboards? Haben Sie sich ein *Keyboard* angeschafft?“

„Nur angeschaut ... zuerst. Aber gestern ...“ Frau Anna blickte schuldbewusst wie ein kleines Kind auf den Küchentisch. „... gestern am späten Nachmittag war ich so dumm ... und hab’ mir eines gekauft.“

„Das ist doch nicht dumm, das ist *schön* für Sie!“, erwiderte Heiner.

„Ich habe Barzahlung ausgemacht“, verriet Frau Anna. „Heute Vormittag um zehn Uhr wird das gute Stück geliefert. Drum wollte ich in aller Früh zur Bank gehen und das restliche Geld von meinem Not-Sparbuch abheben. Aber der Fuß tut mir so grauslich weh ... eine Taxifahrt wär’ mit diesen Schmerzen auch kein Vergnügen. Um zehn Uhr kommt das Instrument – und ich kann nicht zahlen.“

Frau Anna seufzte und blickte Heiner verzweifelt an. Er versuchte sie zu trösten und meinte, man würde das Keyboard bestimmt nicht gleich wieder mitnehmen, nur weil sie wegen einer Fußverletzung nicht zur

Bank gehen und sofort zahlen könne.

„Ach, Heiner, ich glaube, das verstehst du nicht“, klagte Frau Anna. „Ich habe nie Schulden gemacht. Ich hätte keine Freude mit dem Instrument, solange es nicht bezahlt ist. Stell dir vor, ich müsste plötzlich für längere Zeit ins Krankenhaus ...“

Sie stockte und schaute wieder betrübt auf den Küchentisch.

„Ist es denn so schlimm mit dem Fuß?“, fragte Heiner erschrocken.

„Nein, nein.“ Frau Anna schüttelte den Kopf. „Es ist dasselbe wie beim letzten Mal. Ich habe den Fuß schon wieder mit der Salbe eingerieben. Aber ...“

Wieder hielt sie inne. Endlich sah sie auf, blickte Heiner ins Gesicht und fragte zögernd: „Könntest *du* mir helfen? Könntest *du* für mich zur Bank gehen? Ich geb’ dir das Sparbuch mit.“

„Das Sparbuch?“ Heiner zuckte zusammen. Die peinliche Sparbuchgeschichte jagte ihm wieder durch den Kopf!

Mühsam stand Frau Anna auf. Sie humpelte zur Kredenz und holte sich das Sparbuch, das dort schon für den Weg zur Bank bereitlag.

„Schau!“ Frau Anna hielt Heiner das Büchelchen hin. „Einen Teil des Geldes für das Musikinstrument hab’ ich schon zu Hause. Du müsstest neunhundert Euro abheben. Würdest du das für mich tun?“

„Äh – ja f-freilich“, stotterte Heiner verblüfft. Er konnte es kaum glauben. Frau Anna vertraute *ihm* ihr Sparbuch an. *Ihm*, der beinahe ein anderes Sparbuch von ihr geplündert hätte!

Doch Frau Anna verriet noch mehr: „Das Sparbuch hat ein Losungswort.“

„Etwa – *Gottvertrauen*?“, sprudelte Heiner heraus.

„Nein.“ Frau Anna musste lächeln. „Diese Geschichte wollen wir vergessen. Das Losungswort – mein Loisl hat es sich ausgedacht – das Losungswort lautet *‚Drahtseil‘*. Wirst du dir das merken?“

„Drahtseil ... klar.“ Heiner räusperte sich verlegen. „Soll ich gleich losflitzen?“

„Ja, bitte. Um zehn Uhr, also in einer Stunde, kommt der Lieferwagen. Heiner ... ich bin dir ja so dankbar. Schau, ich hab’ schon meine Einkaufstasche hergerichtet, damit du nicht mit dem Sparbuch in den bloßen Händen durch die Gegend rennen musst. Übrigens – *rennen* musst du gar nicht, du hast noch genug Zeit. Pass lieber auf, dass dir unterwegs nichts passiert!“

Wenige Augenblicke später eilte Heiner mit der Tasche und dem Sparbuch darin beim Gartentor hinaus. Der Blick auf den Postkasten erinnerte ihn daran, wie er dort vor gar nicht langer Zeit ein anderes Sparbuch von Frau Anna hineingeworfen hatte – mit schlechtem Gewissen. Nun konnte er – mit *bestem* Gewissen – Frau Annas *„Not-Sparbuch“* nützen, um ihr aus einer Peinlichkeit herauszuhelfen. Da gab’s kein Zögern ...

Heiner fing zu laufen an. Die Freude, seine Verfehlung mit einem großen Gefallen für Frau Anna gutzumachen, trieb ihn vorwärts. Doch als er sich seinem Ziel näherte, durchzuckte ihn plötzlich ein Schreck.

Was dann, wenn ihn die Bankangestellte wiedererkannte? Wenn sie ihm misstraute? Wenn sie das Geld gar nicht herausgeben wollte? Vielleicht hatte sie beim letzten Mal tatsächlich die Polizei verständigt! Diesmal ging es nicht bloß um läppische zwanzig Euro ...

Keuchend blieb Heiner stehen. Die alte Sparbuchgeschichte hatte ihn schon wieder am Kragen! Was jetzt?

Weiterrennen!

Atemlos betrat Heiner die Bank, hastig sah er sich um.

Da war sie wieder: die junge Bankangestellte mit dem hübschen Lockenkopf! Würde sie sich an Heiner erinnern?

Auch der ältere Bankangestellte war wieder da – und gerade frei, im Unterschied zu seiner Kollegin nebenan.

Heiner atmete tief durch und ging zum Schalter des Herrn. Der ließ sich das Sparbuch geben, schaute kurz hinein und tippte etwas in seinen Computer. Danach musste Heiner das Losungswort aufschreiben. Seine Finger zitterten, als er die Blockbuchstaben aneinanderreihte:

DRAHTSEIL

Der Bankangestellte nickte und fragte: „Wie möchtest du’s denn gern haben? Lauter Hunderter?“

„Äh – j-ja“, stotterte Heiner verwirrt. Er hatte soeben zum benachbarten Schalter gespäht, wo die blondgelockte Dame gerade einen Herrn bediente. Hatte sie Heiner bemerkt?

Anscheinend nicht.

Der Bankangestellte zählte die Scheine durch, steckte sie in ein Kuvert und hielt es Heiner hin.

„Hier, bitte schön."

„Danke." Hastig verstaute Heiner das Kuvert und das Sparbuch in Frau Annas Einkaufstasche. Nach einem letzten Blick zur blonden Dame – die hatte ihn noch immer nicht bemerkt – eilte er zur Tür und rasch nach draußen.

28

Zu spät?

„Geschafft!“, durchzuckte es Heiner. Mit einem Riesenseufzer der Erleichterung verließ er die Bank. Er musste sich beherrschen, damit er nicht kopflos die Straße überquerte und gegen ein Auto rannte.

„Geschafft!“, schien es ihm abermals durch den ganzen Körper zu rieseln, als er heil auf dem Gehsteig auf der anderen Straßenseite stand.

„Verrückte Geschichte“, dachte er. „Dazu braucht man ja Nerven wie Drahtseile.“

Drahtseile – das passte genau zum Losungswort für das Sparbuch!

Heiner schmunzelte. Er atmete tief durch, eilte weiter und freute sich schon auf den Augenblick, in dem er Frau Anna das Sparbuch samt dem Kuvert mit dem Geld auf den Küchentisch legen konnte. In kaum zehn Minuten war er bei ihr, falls nichts dazwischenkam.

Was sollte noch dazwischenkommen?

Immerhin – Frau Anna hatte beim letzten Mal das Sparbuch auf dem Heimweg verloren – aus genau jener Tasche, die Heiner jetzt in der Hand hielt: die Einkaufstasche mit dem dunkelblauen Band an einem der Tragegriffe. Diesmal war das Sparbuch ein anderes: Das Guthaben betrug weitaus mehr als bloß knapp zwanzig Euro; und im Kuvert steckten neunhundert Euro Bargeld! Noch nie hatte Heiner derart viel Geld auf offener Straße herumgeschleppt.

„Ich komm’ mir vor wie ein Bankräuber“, dachte er grinsend. „Nur hab’ ich die Bank nicht überfallen, sondern ganz brav und rechtmäßig Geld abgehoben. Ich freu’ mich schon auf Frau Annas Gesicht, wenn sie die Hunderter sieht!“

„Heiner!“

Au verflixt – diese Stimme kannte er! Mit einem Ruck blieb er stehen und drehte sich um.

Vinzenz! Und neben ihm Reinhold!

Die beiden näherten sich rasch. Vinzenz zeigte auf die Tasche mit dem blauen Band – Frau Annas Einkaufstasche! – und fragte misstrauisch: „Wohin so eilig? Wieder zu deiner Nachhilfe-Freundin?“

Heiner zuckte zusammen. Hoffentlich erkannten die beiden nicht Frau Annas Tasche wieder! Hastig nahm er sie in die andere Hand, und zwar so, dass er jetzt das verräterische Band beim Tragen verdeckte. Dann wandte er sich an Vinzenz: „Was redest du dauernd für Unsinn von Nachhilfe-Freundin und so?“

„Du weißt ja“, entgegnete Vinzenz mit einem drohenden Lächeln. „Wehe, wenn ich dahinterkomme, dass *Else* diese Freundin ist!“

„Blödsinn!“, erwiderte Heiner. „Ich hab’ dir schon gesagt, dass ich froh bin, wenn die mich nicht anquatscht. Vielleicht will sie dir damit nur einen Possen spielen.“ Heiner musste sich zurückhalten, damit er nicht ausplauderte, wie Else mit dem Zigarettengeschenk umgegangen war.

Vinzenz lachte spöttisch und rief: „Einen Possen spielen sollte sie? Mir? Lass dich nicht auslachen, Heinerle!“

„Also bitte: Lach mich nicht aus!“, entgegnete Heiner grinsend. Hastig fügte er hinzu, weil Vinzenz ebenfalls grinste: „Da fällt mir grad ein – etwas Ernstes: Wie steht’s für euch zwei mit der Suche nach einem Arbeitsplatz? Habt ihr schon etwas gefunden?“

Vinzenz ließ sich ablenken.

„Puh!“, schnaufte er. „Leider! Am ersten August geht’s los. Sei froh, dass du noch Ferien hast!“

„Hab’ ich nicht – drum geh’ ich jetzt weiterlernen. Wiederseh’n, ihr zwei!“ Heiner wandte sich um.

„Ja, ja, lern brav – aber *nicht* mit Else!“, rief Vinzenz hinterher. Da packte Reinhold seinen Freund am Arm und sagte ungeduldig: „Mensch, komm schon, du eifersüchtiger Onkel! Wir wollten zum Supermarkt; und *der* liegt in der *entgegengesetzten* Richtung.“

Mit einem Blick über die Schulter – und mit einer Riesenerleichterung – stellte Heiner fest, dass sich die beiden Burschen entfernten.

„Glück gehabt“, dachte er froh. „Gut, dass die zwei endlich eine Arbeit haben! Dann bleibt ihnen nicht mehr so viel Zeit für Blödsinn.“

Heiner eilte weiter. Einige Minuten später hatte er es geschafft. Er öffnete das Gartentor des Hauses Elwitschgergasse Nummer fünfunddreißig.

Frau Anna musste ihn schon vom Küchenfenster aus gesehen haben.

Noch bevor er läuten konnte, öffnete sie ihm die Haustür und empfing ihn bekümmert mit den Worten: „Ach, Heiner, es war schon jemand da!“

„Was? Wer?“ Heiner runzelte verwirrt die Stirn.

„Ein Herr vom Musikgeschäft war vorhin da, früher als geplant“, berichtete Frau Anna. „Er hat das Instrument gebracht – und ich hab’ ihm nur eine Anzahlung geben können.“

„Halb so schlimm – der Rest ist da drin!“ Heiner deutete auf die Einkaufstasche.

Frau Anna bat ihn einzutreten und führte ihn in jenes Zimmer, wo an der Wand ihr großes Jugendbildnis hing. Dort stand das neue Keyboard, bereit zum Ausprobieren.

„Ach! Der Mann hat es so eilig gehabt und wollte gar nichts kassieren“, klagte Frau Anna. „Er muss noch zwei Instrumente ausliefern. Meines hat er schnell auf dem Ständer festgeschraubt und probehalber kurz eingeschaltet, dann war er gleich wieder weg. Und ich hab’ nicht alles bezahlen können, wie vereinbart. Schau, da ist der Schuldschein.“

„Schuldschein?“ Verdutzt sah sich Heiner das Stück Papier an, das Frau Anna ihm gab. Doch gleich rief er sorglos aus: „Ach wo! Das ist ein hundsgewöhnlicher Lieferschein! Mit einer Bestätigung für die Anzahlung.“

Heiner legte den Zettel auf einen Stuhl, nahm hastig Kuvert und Sparbuch aus der Einkaufstasche heraus und legte beides neben den Lieferschein.

„Da ist der Rest!“

„Danke, Heiner.“ Frau Anna seufzte. „Jetzt hast du dich extra für mich so beeilt – und es ist trotzdem zu spät. Vor einer Minute war der Herr vom Musikgeschäft noch da. Er hat zwar gesagt, ich könne auch nächste Woche zahlen kommen, aber ...“ Frau Anna seufzte wieder. „Du weißt ja ... ich bin ein dummes Ding ... ich kann mich nicht recht über etwas freuen, wenn es noch nicht bezahlt ist.“

„Haben Sie das Keyboard schon ausprobiert“, fragte Heiner.

„Nein ...“

Frau Anna stand da wie ein Kind, dem die Freude vergangen ist. Da fasste Heiner blitzschnell einen Entschluss und rief: „Her mit dem – Schuldschein! Und mit dem abgehobenen Geld! Ich renne sofort zum Musikgeschäft und zahle den Rest. Und Sie, Frau Anna, fangen inzwischen zu spielen an!“

Wieder verschwand das Kuvert mit den neunhundert Euro in Frau Annas Einkaufstasche – samt dem „Schuldschein“.

„Ich bin in null Komma nichts wieder da!“, versprach Heiner, und schon stürmte er mit der Tasche nach draußen.

Beim Gartentor kamen ihm Bedenken. Würden ihm noch einmal Vinzenz und Reinhold in die Quere kommen? Oder gar Else? – Na wennschon! Diesmal war in der Tasche wenigstens kein Sparbuch mehr drin; und was in dem Kuvert steckte, ging niemanden etwas an!

Zuversichtlich trabte Heiner im Dauerlauf davon.

Frau Anna stand gerührt im Wohnzimmer und dachte: „So ein hilfsbereiter Bursch! Er könnte mein Enkel sein.“

Wieder einmal seufzte sie, denn sie musste an ihre Enkel*in* denken: an die kleine Ann, weit, weit weg in Amerika ...

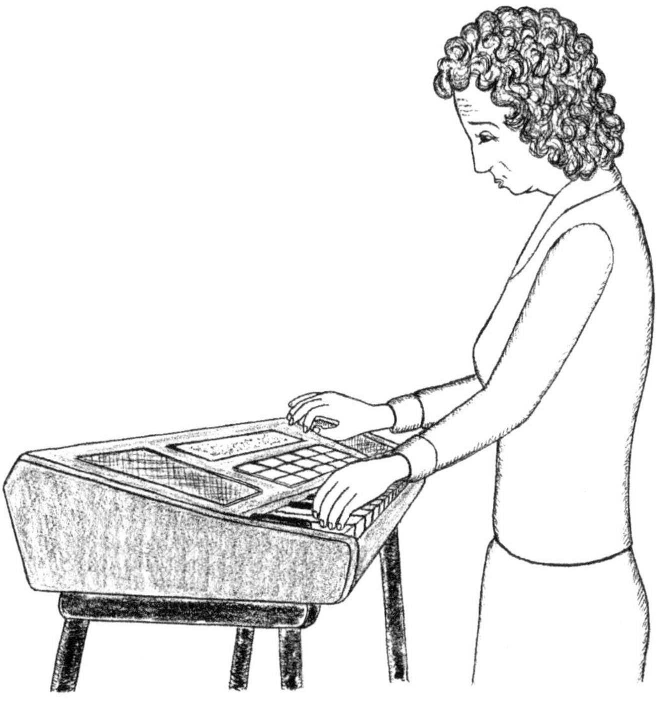

„Ich bin wirklich ein dummes Ding“, murmelte Frau Anna vor sich hin. Zögernd trat sie an ihr neues Keyboard heran und strich mit der Hand vorsichtig über die Tasten. Einen Teil hatte sie ja schon bezahlt, *anfassen* durfte sie das teure Instrument also ... aber mit dem Einschalten wollte sie auf Heiners Rückkehr warten. Es gab ohnehin noch etwas Wichtiges zu tun. Auf dem Fensterbrett lag eine dicke Bedienungsanleitung. Schon am Vortag hatte der Verkäufer im Musikgeschäft Frau Anna das Nötigste erklärt. Aber er hatte ihr empfohlen, sie solle die Bedienungsanleitung „sorgfältig studieren“, um wirklich „sämtliche Möglichkeiten dieses vorzüglichen Instruments“ nutzen zu können.

Frau Anna setzte sich – das Stehen schmerzte ohnehin – und fing also an, die Bedienungsanleitung zu „studieren“. Das lange Inhaltsverzeichnis wirkte ein wenig abschreckend. Trotzdem las Frau Anna alles geduldig durch. Dann begann sie mit dem ersten Abschnitt, einer Abbildung des Geräts und der Beschreibung der Einstelltasten.

„Da muss ich ja genauso lernen wie für Heiners Fragespiel aus Geographie“, staunte Frau Anna.

Immer wieder verglich sie die Schalter und Tasten auf der Abbildung mit denen auf dem Instrument. Na so was! Da standen ja allerlei englische Bezeichnungen dabei: Intro, Ending, Fill in, Break, Variation ... das klang geradezu rätselhaft! Wie *klang* es wohl, wenn man es gleich ausprobierte ...?

Nein! Frau Anna hatte beschlossen, das Gerät nicht einzuschalten, bevor es ihr *ganz* gehörte. Sie wollte warten, bis Heiner zurückkam – mit der Zahlungsbestätigung.

Er schien sich Zeit zu lassen. Doch Frau Anna vergaß die Zeit und vertiefte sich immer mehr in die Bedienungsanleitung – bis das Schrillen der Haustürglocke ihr einen Schreck einjagte.

Heiner war wieder da! Er schwitzte nicht wenig, so gerannt war er. Stolz überreichte er Frau Anna die Rechnung, ebenso einen Geldschein und etliche Münzen.

„Ich hab’ eine Weile warten müssen, so ein Wirbel war in dem Laden!“, berichtete Heiner. „Aber ich hab’ einen Preisnachlass gekriegt: zwei Prozent Skonto für Barzahlung – weil ich noch heute ins Geschäft gekommen bin. Die Zahlungsbestätigung steht auf der Rechnung. Das Wechselgeld können Sie gleich für das andere Sparbuch verwenden, damit dort mehr als bloß zwanzig Euro Guthaben drauf sind.“

„Heiner! Prachtkerl du!“, rief Frau Anna, und sie wollte, dass er das Wechselgeld für sich behielt. Doch er lehnte es entschieden ab und fragte scheinbar empört, warum er von dem Instrument nichts höre.

„Ich hab’s noch nicht eingeschaltet, weil’s noch nicht bezahlt war“, gestand Frau Anna verlegen. „Aber jetzt ist es so weit. Jetzt kommt der feierliche Augenblick. Willst *du* es für mich tun?“

Heiner tat es; und kurz darauf klimperten die beiden abwechselnd die ersten Töne auf dem „elektronischen Klavier“.

„So etwas Schönes!“, rief Frau Anna. „Und ich kann nicht einmal richtig spielen!“

Heiner wusste einen Ausweg.

29

Die geheimnisvolle Freundin

„Mutti, morgen bist du dran!"

Mit diesen Worten empfing Heiner am Abend seine Mutter.

„Bitte *was* bin ich morgen?", entgegnete sie verdutzt.

„*Dran* bist du. Mit Nachhilfe", sagte Heiner. „Du hast diesmal ein freies Wochenende, also Zeit."

„Na und?" Die Mutter machte ein verwirrtes Gesicht. „Ich brauch' keine Nachhilfe."

„Aber Frau Anna." Heiner grinste. „Du gehst mit mir hin, dann kannst du sie dir endlich einmal ansehen."

„Ah, deine junge alte Freundin!" Die Mutter grinste ebenfalls. „Wofür braucht *die* Nachhilfe?"

„Sie hat sich ein Keyboard angeschafft", erzählte Heiner. „Aber sie kommt beim Spielen noch nicht zurecht; und *du* hast gerade erst vor kurzem geprahlt, dass du von deiner Arbeitskollegin, Frau Seeberg, schon *so viel* gelernt hättest. Also musst du morgen mit."

„Aha ..." Die Mutter wirkte nicht allzu begeistert. „Ein bisschen besser auskennen als am Anfang tu' ich mich jetzt zwar schon; aber Nachhilfe geben ..."

„Du *musst* mitgehen", unterbrach Heiner. „Denk an die vielen Kirschen, die Frau Anna uns geschenkt hat! Sie kann schon die kleinste Hilfe brauchen."

„Na ja ..." Die Mutter zögerte. „Am Vormittag hab' ich noch allerlei Einkäufe zu erledigen. Vielleicht geht sich's nach dem Mittagessen aus."

„Abgemacht! Nach dem Mittagessen!", rief Heiner. „Ich sag' Frau Anna gleich am Vormittag Bescheid."

„Meinetwegen." Die Mutter schmunzelte. „Einmal muss ich mir deine Freundin ja aus der Nähe ansehen – die hübsche Einundsiebzigjährige mit den pechschwarzen Haaren."

Heiner erwiderte nichts. Es genügte ihm, *dass* die Mutti mitkommen wollte. Dann hörte das dumme Gerede wegen einer jungen Freundin endlich auf ...

Gespannt war Heiner auf jeden Fall, was die Mutti von Frau Anna halten würde. Er ging bereits am Vormittag zu seiner „Freundin". Die wusste noch gar nicht, dass er für sie eine „Keyboard-Nachhilfe" gefunden hatte. Es sollte für sie eine Überraschung sein, wenn ihr jemand zeigte, was für eine Musik man aus einem Keyboard hervorzaubern konnte.

Eine Überraschung stand auch Heiner bevor, noch ehe er die Elwitschgergasse erreichte. *Angenehm* war diese Überraschung leider nicht ...

Heiner hatte sich diesmal für den kürzesten Weg zu Frau Anna entschieden. Wie üblich trug er die Schultasche bei sich, doch er vermutete, dass er die Lehrbücher gar nicht brauchen würde. Vielleicht wollte Frau Anna lieber mit ihrem „elektronischen Klavier herumklimpern", wie sie am Vortag scherzhaft gesagt hatte. Bestimmt wusste sie inzwischen schon, wie man die verschiedenen „Register" einstellen konnte: nicht bloß Klavier, auch Gitarre, Geige, Flöte, Akkordeon, Hammondorgel, Trompete und viele andere Instrumente; dazu kam noch die automatische Begleitung: Bässe, Schlagzeug, Spezialeffekte ...

Heiners Mutter schwärmte in letzter Zeit immer wieder von Frau Seebergs Keyboard, vor allem vom „Vocoder". Mit dem konnte man die eigene Stimme auf wunderliche Weise verändern. Zugegeben – Frau Seebergs Keyboard war nicht gerade das billigste. Aber auch Frau Anna hatte sich für ein gutes Instrument entschieden, wie Heiner im Musikgeschäft erfahren hatte. Er freute sich, dass sie es nicht bereute, von ihrem „Not-Sparbuch" Geld abgehoben zu haben. Am meisten freute er sich darüber, dass sie ihm vertraut und ihn mit dem „Not-Sparbuch" zur Bank geschickt hatte – trotz allem, was vorher passiert war! Obendrein war er anschließend – mit neunhundert Euro in der Tasche! – zum Musikgeschäft geflitzt und hatte das Keyboard noch am selben Tag vollständig bezahlt. Was für eine Freude, die Freude eines Menschen miterleben zu dürfen, für den sich ein Kindheitswunsch erfüllt! Und was für ein großartiges Gefühl, wenn man selber mithelfen kann, diesen Wunsch zu verwirklichen!

Vielleicht wollte sich Frau Anna an diesem Tag lieber mit ihrem neuen Musikinstrument beschäftigen anstatt mit Lehrbüchern. Vielleicht konnte sie Heiner schon etwas vorspielen!

Er täuschte sich nicht: An diesem Tag würde er mit Frau Anna weder Englisch noch Geographie lernen; aber aus einem ganz anderen Grund, als er ahnte ...

„Heiner!“

Vinzenz! Wieder einmal; mit Reinhold im Schlepptau.

„Wer schießt die zwei auf den Mond?“, überlegte Heiner in Gedanken, während er stehenblieb und sich den beiden Burschen zuwandte.

„Warum gehst du heut’ schon so früh zu Else?“, fragte Vinzenz listig. Doch Heiner fiel nicht darauf herein und erwiderte: „Ich geh’ überhaupt nie zu Else. Ich weiß nicht einmal, wo sie wohnt.“

„Schau, schau!“ Vinzenz deutete spöttisch auf Heiners Tasche. „Warum sonst rennst du mitten in den Ferien mit deiner Schultasche herum?“

„Weil ich Nachhilfe brauche für die Wiederholungsprüfungen.“

„Wiederholungsprüfungen, ach ja.“ Vinzenz nickte grinsend. „Und deine Nachhilfelehrerin heißt Else.“

„Nein!“, brauste Heiner auf.

„Ruhig, ruhig, Heinerle!“ Vinzenz hob beschwichtigend die Hände. „Nur keine Aufregung, wenn du ohnehin nicht zu Else gehst. Zu wem gehst du also? Wer ist die geheimnisvolle Freundin, von der deine Mutter erzählt hat?“

„Ach, die hat nur einen Blödsinn dahergeredet“, fauchte Heiner. Er wandte sich ab und ging weiter.

„Jö!“, rief Vinzenz scheinbar erstaunt. „Ich hab’ gar nicht gewusst, dass du eine Mutter hast, die nur Blödsinn redet.“

Er grinste wieder und folgte Heiner. Reinhold kam ebenfalls nach.

„Lasst mich in Frieden!“, knurrte Heiner.

Jetzt mischte sich Reinhold ein: „Heinerle, ich mach’ dir einen Vorschlag: Zeig uns deine geheimnisvolle Freundin endlich! Wir hätten grad Zeit. Danach geben wir Ruhe. Einverstanden?“

„Pfeif drauf“, zischte Heiner, ohne die unerwünschten Begleiter anzusehen.

Vinzenz fing zu stänkern an, indem er zu Reinhold sagte: „Vielleicht hat er wirklich keine Freundin. Er ist ja viel zu feig, wenn’s um Mädchen geht. Vielleicht kriegt er seine Nachhilfe nur von einer alten Schachtel; so einer pensionierten Lehrerin.“

„Na fein! Dann schauen wir uns wenigstens *die* an!“, schlug Reinhold vor.

Heiner hätte die beiden Spötter am liebsten verdroschen. Er starrte zu Boden und überlegte hastig.

Was sollte er tun? Wenn die zwei tatsächlich Frau Anna wiedererkannten ... das konnte Ärger geben! Sollte er also gar nicht zu ihr hingehen? Sollte er einfach zu einem jener Mitschüler gehen, die mit ihren Eltern auf Urlaub gefahren waren? Wenn er an der Wohnungstür läutete und niemand öffnete, könnte er Vinzenz und Reinhold weismachen, er hätte eben Pech gehabt und müsse nun wieder nach Hause. Zu Frau Anna käme er dann allerdings erst mit einer Riesenverspätung. Er wusste, dass sie auf ihn wartete; warten lassen wollte er sie aber nicht. Für ihn war sie immerhin – ja, so etwas wie eine Freundin ...

Heiners Beine schienen genau zu wissen, wohin sie wollten: Sie bogen in die Elwitschgergasse ein. Ärgerlicherweise taten die Beine von Vinzenz und Reinhold dasselbe.

„Ist sie wenigstens hübsch, deine Freundin?“, fing Vinzenz wieder zu sticheln an; und weil er keine Antwort bekam, fragte er weiter: „Hat sie wirklich so schöne schwarze Haare, wie deine Mutter behauptet?“

Heiner blickte Vinzenz nicht an und brummte: „Wird wohl so sein, wenn's meine Mutter gesagt hat.“

„Kann sie wirklich gut Englisch, deine *Freundin*?“ Vinzenz betonte das Wort „Freundin“ absichtlich mehr als nötig. Heiner wagte zu erwidern: „Besser als *du* kann sie's bestimmt.“

„Haha! Das ist keine Kunst!“, platzte Reinhold heraus. „Vinzenz war in Englisch immer der Beste in seiner Klasse – der Beste von den drei Schlechtesten.“

„Halt dich zurück, du ...“ Vinzenz boxte seinem Freund grinsend in die Seite. Dann wandte er sich wieder an Heiner: „Wie alt ist deine Freundin?“

„Weiß ich nicht ... so alt wie du vielleicht“, brummte Heiner.

„Jö!“, rief Vinzenz. „Ich hab' geglaubt, sie wär' noch ganz klein: so fünf oder sechs Jahre, damit du dich nicht vor ihr zu fürchten brauchst. Vielleicht hat sie sogar noch Zöpfe, die Kleine; mit riesigen rosa Schleifen dran.“

Heiner erwiderte nichts. Sie kamen dem Garten des Hauses Elwitschgergasse fünfunddreißig immer näher. Was dann, wenn sich Frau Anna zufällig im Garten aufhielt? Würden Vinzenz und Reinhold sie wiedererkennen? – Nicht als jene Frau, die sie vorm Kirschenstehlen gewarnt hatte, sondern als jene, die damals im Park ein Sparbuch verloren hatte?

Vinzenz hörte nicht auf, Scherze zu treiben.

„Fassen wir zusammen!“, rief er übermütig. „Deine Freundin ist ein kleines Kind mit schwarzen Haaren. Natürlich kann es ausgezeichnet Englisch, sonst könnte es dir keine Nachhilfe geben, oder? Ja, ja, ein richtiges Sprachtalent muss sie sein, diese Kleine. Wenn’s drauf ankommt, plappert sie den ganzen Tag nur englisch mit dir. I love you, Heinerle! Haha!“

Vinzenz und Reinhold bogen sich vor Lachen. Heiner dachte unwillkürlich daran, wie Else ihn mit denselben englischen Worten geneckt hatte. Zu allem Überdruss fehlten nur noch wenige Meter bis zum Gartentor des Hauses Elwitschgergasse fünfunddreißig.

War Frau Anna gerade im Freien? Trotz ihrer Fußschmerzen? Wohl kaum.

Heiner versuchte das Küchenfenster zu erspähen, doch das Laub der Obstbäume versperrte die Sicht. Würde Frau Anna – wie schon so oft – gleich in den Garten herauskommen, sobald sie Heiner erblickte?

Die drei Burschen erreichten jetzt das Gartentor. Frau Anna war nirgends zu sehen. Sollte Heiner einfach weitergehen?

„Lass los!“, durchzuckte es ihn plötzlich. „Lass los, überlass es Gott!“ Frau Annas Wahlspruch; ihr Glaubensspruch!

Entschlossen blieb Heiner stehen.

„Ich bin da, meine Herren! Wiederseh’n!“, sagte er trocken zu seinen Begleitern. Dann drückte er die Klinke nieder und betrat den Garten.

30

Ein Wunder?

Aufgeregt eilte Heiner über den Gartenweg. Frau Anna musste sich gerade im Haus aufhalten. Gut so! Dann lauerten Vinzenz und Reinhold vergeblich beim Tor. Nun wussten sie also, dass die Frau, die sie vorm Kirschenstehlen gewarnt hatte, Heiner kannte. Warum sollte diese Frau nicht eine Tochter haben – Heiners Freundin eben?

Heiner hatte nur noch den einen Wunsch: so schnell wie möglich ins Haus hinein und drinnen bleiben, bis Vinzenz und Reinhold sich endlich verzogen! Doch die zwei lungerten noch immer beim Gartentor herum.

„Lass los ...“, versuchte Heiner sich zu beruhigen.

Nur noch zehn Schritte bis zur Haustür – da fliegt die Tür geradezu auf, Frau Anna springt heraus!

Frau Anna?

Heiner bleibt mit einem Ruck stehen.

Frau Anna?

Was ist mit ihr passiert? Mir ihren gelockten Haaren?

Schwarz sind sie! Pechschwarz! Und ein Stückchen länger als am Vortag.

Was ist das für eine Frau Anna? Ist sie über Nacht wieder jung geworden? Nur mehr sieb*zehn* Jahre statt einundsieb*zig*?

Ein Gespenst ist sie jedenfalls nicht. Sie kann sprechen, laut und deutlich sogar: „Hello, Heiner! Welcome!“

Genau mit diesen Worten hat Frau Anna zuletzt oft spaßhalber gegrüßt, wenn Heiner zum Englischlernen gekommen ist. Aber ihre Stimme – die klingt anders: hell, jung, quicklebendig!

Nein, das kann nicht Frau Anna sein! Das wäre ja Zauberei, wenn jemand über Nacht urplötzlich ...

„Meine Grandma hat schon viel von dir erzählt“, plappert das Zauberwesen fröhlich. Ich bin Ann. Komm mit ins Haus!

Das Wesen sagt *„Änn“* – nicht „Anna“!

Endlich ahnt Heiner etwas! Er wehrt sich nicht, als das Mädchen ihn an der Hand fasst und mit sich ins Haus zieht ...

Vinzenz und Reinhold sehen es von der Straße aus.

„Jetzt bist du baff, was? Alter Eifersüchtler!“ Reinhold klatschte seinem Freund grinsend mit der Hand auf die Schulter. „Schöne, schwarze Haare! Ja, ja, die hat sie! Deine Else ist eben nicht das einzige Mädchen mit *schönen, schwarzen* Haaren. Haha!“

„Nicht zu fassen!“ Vinzenz schüttelte ungläubig den Kopf. „Da hat sich das Bürschchen doch tatsächlich eine bildhübsche Freundin geangelt.“

„Ja“, bestätigte Reinhold. „Und sie kann wirklich Englisch. Du hast ja gehört, wie sie ihn begrüßt hat. Womöglich ist *sie* damals auf einem dieser Bäume gesessen und hat uns beim Kirschenstehlen entdeckt.“

„Puh! Kann sein!“, stöhnte Vinzenz auf. „Verziehen wir uns lieber!“

Verwirrt schlenderten die beiden weiter.

Verwirrt war auch Heiner, als er in der Küche stand – drei weiblichen Gestalten gegenüber: seiner alten Freundin, Frau Anna; einer fremden Dame mit schwarzen Locken; und dem ebenfalls schwarzhaarigen Mädchen Ann.

Frau Anna konnte das Wunder rasch klären: Ihre Tochter Birgit hatte – noch ehe der englische Brief mit der Einladung bei ihr eingetroffen war! – ihre Koffer gepackt und sich mit Ann auf die Reise nach Europa gemacht. Um die „liebe Mama“ nicht zu belasten, war Birgit mit Ann am Vorabend in ein Hotel gezogen. „Das muss sich sofort ändern – auch wenn ich mir *beide* Füße verknackse!“, hatte Frau Anna gleich bei der ersten Begegnung vor einer halben Stunde stürmisch verlangt. „Daheim ist Platz genug!“

Heiner merkte ergriffen, wie groß die Freude seiner alten Freundin war. Er freute sich ebenfalls, als er den Grund erfuhr: Birgit hatte sich entschlossen, ab Herbst wieder als „Auslandskorrespondentin“ in das Land ihrer Eltern zurückzukehren, mit ihrer Tochter. Das sechzehnjährige Mädchen, das in wenigen Tagen den nächsten Geburtstag feiern durfte, hatte sich schon seit Wochen auf Europa gefreut, vor allem auf die Begegnung mit ihrer „Grandma“, der Großmutter, die sie bisher nur aus Briefen und von Fotos gekannt hatte.

„Ach, Heiner! Gut, dass du nicht schon eine halbe Stunde früher gekommen bist!“, sagte Frau Anna, während sie sich verlegen über die Augen wischte. „Du hättest mich heulen gesehen – vor lauter Freude.“

„Hauptsache: vor *Freude*“, meinte Heiner. Dann verriet er, dass auch *er* Freude bringen wollte: die Nachricht, dass seine Mutter bereit sei, Frau Anna das Keyboardspielen beizubringen.

„That's a good idea!“, platzte Ann heraus. Sie besann sich kurz, dann erklärte sie Heiner: „Entschuldigung! Ich wollte sagen: ‚Das ist eine gute Idee; ein guter Einfall.‘“

„Keine Bange!“, rief Anns „Grandma“ lachend. „Heiner hat dich schon verstanden. Seit einiger Zeit hat er ja *mich* als Nachhilfelehrerin für Englisch.“

„Und für Geographie“, gestand Heiner.

„Du bist ein tüchtiger Gartengehilfe“, lobte ihn Birgit. „Meine Mama hat schon erzählt, wie gut du bei der Arbeit zupacken kannst. Aber sag – würdest du ihr und mir gleich *noch* einen Gefallen tun? Ich hätte mit ihr allerlei für den Herbst zu beraten. Möchtest du inzwischen Ann ein bisschen den Ort zeigen? Als Fremdenführer sozusagen?“

„That's a good idea!“, rutschte es Ann schon wieder heraus.

Heiner konnte gar nicht anders, er musste zustimmen, und er tat es gern. Er hatte das Gefühl, er würde sich mit Ann gut verstehen – nicht nur, weil sie von ihrer Mutter auch Deutsch gelernt hatte. Im Unterschied zu Else hatte Ann nichts Überhebliches an sich, sie würde ihn weder hänseln noch verspotten.

Zwei Minuten später verließ er mit ihr das Haus. Vinzenz und Reinhold waren längst verschwunden. Heiner beschloss, Ann zuerst den Stadtpark zu zeigen. Und wer kam ihnen dort entgegen? – Else!

Zuerst blieben ihr die Worte weg, als sie Heiners schwarzhaarige Begleiterin sah. Dann sprudelte die „Sprechkanone“ heraus: „Jö! *Du* bist also die geheimnisvolle Freundin? Die Nachhilfelehrerin? Die Anna?“

„*Ann* – nicht Anna“, verbesserte Heiner. „Ihr Vater stammt aus Amerika.“

„Bumm! Da haut's mich um!“, entwischte es Else. Sie schien es plötzlich eilig zu haben. „Tut mir leid, ich hätt' gern noch gequatscht. Aber du weißt ja, Heiner: Vinzenz und Reinhold strolchen dauernd im Stadtpark herum; und du kennst Vinzenz und seine blöde Art ja. Es wird Zeit, dass er endlich richtig zu arbeiten beginnt und Manieren lernt, die hat er nämlich noch nicht. Also, viel Spaß, ihr zwei, ich muss weiter!“

Und schon hastete sie davon.

„Sie redet schnell“, meinte Ann. „Ich habe nicht alles verstanden.“

„Macht nichts. Sie ist eine Sprechkanone“, entgegnete Heiner; und da Ann ihn fragend anschaute, fügte er hinzu: „Die Wörter schießen aus ihrem Mund so schnell heraus wie die Kugeln aus einer Kanone."

„Ah! Ich verstehe." Ann lachte herzhaft.

Heiner sah sich nach Vinzenz und Reinhold um. Denen wollte er lieber nicht mehr begegnen. Also schlug er vor: „Ich habe – a good idea."

„Oh!" Ann horchte gespannt auf.

„Wir gehen zu meiner Mutti", schlug Heiner vor. „Vielleicht ist sie schon vom Einkaufen zurück. Dann kannst du sie kennenlernen. Wenn sie dich sieht, wird sie Augen machen."

„Augen ... *machen*?" Ann schien nicht ganz zu begreifen.

„*Schauen* wird sie; *staunen*; sich *wundern*", erklärte Heiner.

„Ah! Wundern! Ja!", rief Ann lachend. „Das verstehe ich. Es wird für sie wie ein Wunder sein."

„Genau!" Heiner schmunzelte. „Für mich ist's ja auch eines."

Die Mutter war tatsächlich zu Hause; und sie wunderte sich wirklich – mindestens genauso wie ein paar Wochen später die Lehrerinnen bei Heiners Wiederholungsprüfungen. In Englisch reichten seine Kenntnisse spielend, um aus dem Fünfer im Zeugnis einen Vierer zu machen; und als Heiner bei der Geographieprüfung ganz zuletzt noch sofort sagen konnte, wie der höchste Berg Mexikos heißt, besserte die Lehrerin seine Zeugnisnote von einem Fünfer auf einen Dreier aus. Begeistert erzählte Heiner davon seinen beiden Freudinnen: Ann und Anna.

Ende

Weitere Bücher von Toni Traschitzker, alle vom Autor illustriert:

„Friedl, halt durch!“

Alles andere als leicht fällt Friedl der Beginn in einer völlig neuen Schule, noch dazu wo gerade erst sein Vater tödlich verunglückt ist! Von den neuen Mitschülern hat Friedl keine Hilfe zu erwarten – bis ihn Uschi Ebersbach, lispelndes „Mauerblümchen“ und Außenseiterin der Klasse, zum ersten Mal anspricht ...

134 Seiten, ISBN 978-3-939862-09-3

„Ella jagt die Pfeifenheinis“

Ella hat es satt, sich dauernd von Zigarettenrauchern anpaffen zu lassen! Sie beginnt sich zu wehren, lässt sich dabei allerlei einfallen – und bekommt Ärger mit ihren Freunden, sogar mit Presse und Polizei ...

Ein witziges und spannendes Jugendbuch, in dem das Thema „Rauchen“ aus einer ungewöhnlichen Sicht gezeigt wird

185 Seiten, ISBN: 978-3-939862-04-8

„Lugge haut drauf“

Schon als Knirps spielt Lugge leidenschaftlich gern Fußball! Kersche, ein „Mordskicker“, will ihn zu einem Profifußballer machen, Lugges Mutter und Onkel Fredi sind aber misstrauisch ...

Eine humorvolle Erzählung, nicht nur für Fußballbegeisterte!

198 Seiten, ISBN: 978-3-939862-05-5

Weitere Bücher und Leseproben im Internet: www.frickverlag.de